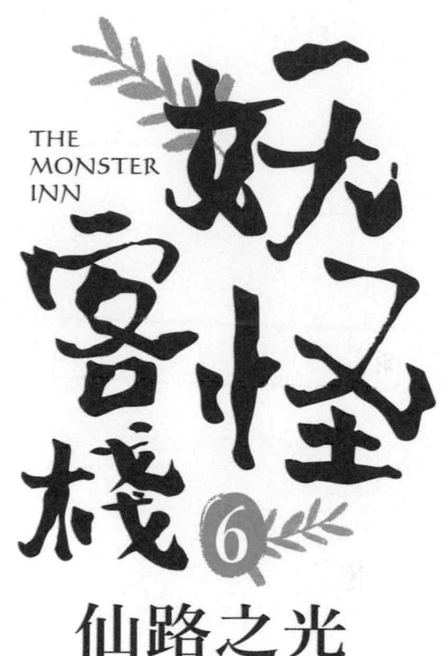

仙路之光

楊翠——著

妖怪客棧平面圖

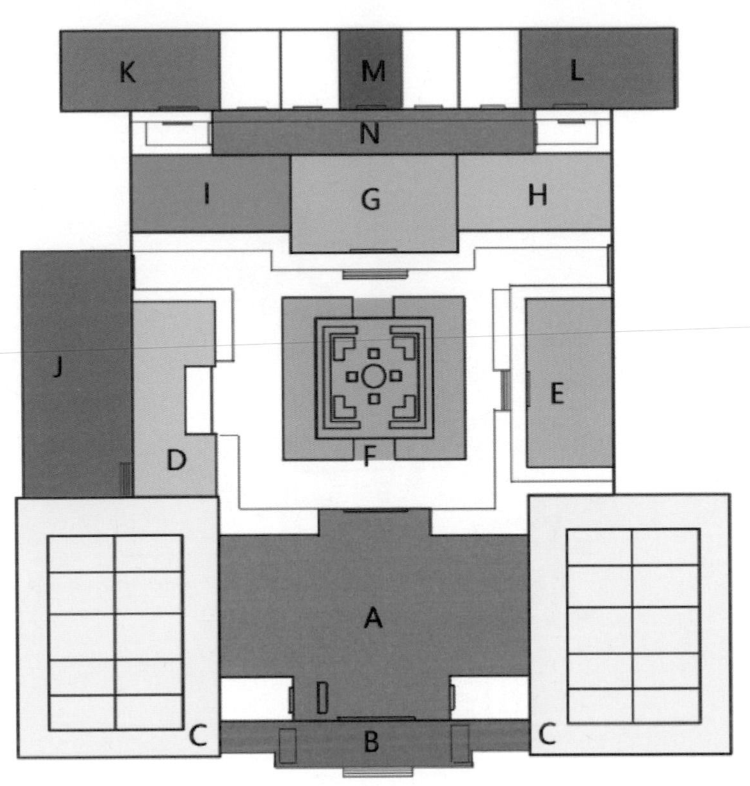

A

主廳

妖怪舉辦宴會的地方，燭光永遠不熄滅，食物永遠吃不完。

B

門廊

進入妖怪客棧必經的走廊，可以把無關的人類擋在門外。

C

客房

每間客房牆上的圖畫，會隨著妖怪房客的心情變化而變化。

D

經理室
客棧經理——鼠妖柯立的辦公室。

E

雜物間
堆滿了妖怪房客的奇怪物品，只要有耐心就能挖到寶貝。

F

中庭
種滿仙草、泉水叮咚的庭院，變幻著五彩的光。

G

貴賓室
歷代妖怪客棧老闆接待客人的地方。

H

穿堂
連接中庭和後花園的屋子，風景隨著進入的妖怪不同而變幻。

I

書房
堆滿了各種妖怪書籍，有的書本身就是個妖怪。

J

伙房
妖怪客棧的廚房，鼠妖柯立兼任主廚。

K

大客房
最高級的客房，住起來更舒服。

L

人類客房
客棧小老闆李知宵的住房，布置得適宜人類居住。

M

清潔工具間
妖怪客棧的清潔中心，負責這項工作的是螃蟹精轟隆隆。

N

後花園
種植了散發妖氣的植物，能帶給妖怪好心情。

人物介紹

李知宵

人類男孩，擁有八分之一的妖怪血統，是妖怪客棧的現任小老闆。剛開始，他對妖怪的世界既喜歡又排斥，但在妖怪的幫助下慢慢認清了自己的責任。

柳眞眞

人類女孩，李知宵隔壁班的同學，出身於法術師世家。她的夢想是成為世界上最厲害的捉妖師。她性格直爽，痛恨說謊，一看就絕對不是普通人。

曲江

山羊妖，在妖怪客棧住得最久、年紀最大的妖怪。他像爺爺一樣關心、保護著李知宵，在妖怪的心目中也是最可靠的前輩。

沈碧波

人類男孩，李知宵的同班同學，從小被姑獲鳥收養，披上羽衣就能變成姑獲鳥。他對自己的身分感到苦惱，在姑獲鳥之鄉大戰後，終於認識到忠於自我的可貴，和養母的關係也更加親密了。

螭吻

龍王的第九個兒子，性格放蕩不羈，時常鬧笑話。他深藏不露，一直在默默保護著妖怪客棧，是李知宵的法術師父。他的原形是龍身、鯉魚尾的大妖怪，能呼風喚雨。

柯立

鼠妖，妖怪客棧的經理兼主廚，有三個分別叫包子、餃子和饅頭的姪子。這一家子都對「吃」和「八卦」相當有研究。

茶來

一隻把毛染得花花綠綠的貓妖，是螭吻的跟班，說話刻薄，但特別能幹。和普通貓一樣，他只對「吃了睡、睡了吃」感興趣。

雀耳

龍子霸下的養女，受命管理仙路的神祕少女。皮膚雪白，長相美麗又精緻，但是眼神冷峻，渾身散發寒意。脖子上掛著一串乳白色珠子，穿一條綠色的裙子，涼鞋也是綠色的。最惹人注目的是，她有一頭紫紅色、隨意披散下來的齊腰長髮。雖然被火光獸和其他妖怪評價為脾氣不好、冷酷，其中似乎另有隱情。

火光獸

在仙路中生活的妖怪，渾身火紅、每一根毛髮都是紅色的，還散發出淡金色的光芒。長得像兔子，大小也和兔子一般；有金色的眼珠，身後拖著一條長長的尾巴。總是成群結隊活動，不過似乎有著奇異的習慣，例如，成員不能有自己的名字。

作者序

小時候，每天夜裡淘氣，大人總是喜歡瞪大眼睛說：「麻老虎來了！」每一次我都會害怕得直發抖，乖乖按照大人的要求去做。

我家住在鄉間，夜裡一片漆黑，每次我望向窗外，心裡都明白極了：那可怕的麻老虎肯定就躲在某棵樹下，或是某片草叢裡，對我虎視眈眈。明明那麼害怕，為何還會一次次望向窗外？也許，我想要找到麻老虎，我有些盼望見到它，確定它不是父母的謊言。

自從《妖怪客棧》出版後，我被問過好多次：**你相不相信這個世界上有鬼神精怪？**我膽子小，怕黑，擔心鬼怪的攻擊，夜裡我比較相信；白天沒那麼害怕，便沒那麼相信了。不過，是否相信真有那麼重要嗎？就算它們真的不存在，我也可以假裝相信，因為，並不是所有事物都必須存在於現實世界中，它們也可以只存在於我們的腦子裡。

因此，希望你閱讀《妖怪客棧》時，相信或者假裝相信妖怪存在。也希望能帶給你一次愉快的閱讀體驗。

目次

第一章

火紅的小妖怪

自從狐仙韋老師離開城裡之後，所有妖怪又過上了平靜的生活。正值溫暖的四月，枝頭的樹葉青春正盛，盡情的展示勃勃生機。路邊或公園裡的花兒爭先恐後的綻放，比如知宵家社區裡的那叢月季，一朵朵花兒爭奇鬥豔，每次經過那裡時，他彷彿能聽到花兒爽朗的笑聲。

這樣美好的日子，當然是什麼也不做，每天看看雲、看看花，或者發發呆，在半睡半醒間過活，才不算虛度美好時光。這是城裡妖怪的主流想法。人類其實也差不多，恨不得抓住每一點空閒的時間，去野外欣賞春日風景。

十二歲的李知宵就不如大家這樣幸運了，他已經上六年級，正面臨著人生中一場重要的考試。現在他幾乎將所有時間都花在學校裡念書，或是在家裡埋頭苦讀，每天過著兩點一線的生活，連週末也很少去妖怪客棧。有一次麻雀妖白若約知宵出門玩耍，知宵雖然心癢癢的，想了想還是拒絕了。

白若撇撇嘴，說：「小老闆，不要這麼緊張嘛！哎呀，你的臉色好像越來越蒼白，頭髮也越來越鬈了！不用擔心，哪怕你什麼也不會，還有我們啊！我會變成一隻蜜蜂躲進你的耳朵裡，告訴你所有題目的答案，包准讓你考第一名！」

老實說，知宵並不是沒有這樣想過。他還是小學一年級新生時，白若就這樣幫助過他，正當他為自己的小聰明洋洋得意時，被父親發現了，而且受到嚴厲的責備。

父親不要求知宵每一科都得一百分，但是他希望知宵誠實，做任何事情都憑自己的能力。知宵一直記得父親的教誨，盡量不讓妖怪房客在學校的功課上幫助他。況且，這對其他同學非常不公平。

於是知宵拒絕了白若的好意，說：「哪怕我能騙過監考老師，也騙不了自己。現在我還想繼續過人類的日子，請讓我以人類的方式完成這一切。」

知宵並不是一個意志堅定的人，第二天他又有些動心了。可是，客棧裡的其他房客已經聽白若講起這一段插曲，大家都對知宵讚賞有加，決定不再打擾他複習功課，全力支持他的決定。這樣一來，知宵也只好將小心思放下，打定主意依靠自己。

房客們幾乎每天都會送給知宵一些點心犒勞他，或者給他一些奇怪的飲料，要他補充營養。

沈碧波與柳真真似乎與知宵有同樣的打算，也在非常認真的學習。這段時間，三個人還會一起玩耍，聊聊天，有時放學後還會結伴做功課，竟然有些像普通的好朋友，知宵認為這種感覺也不錯。

當然，誰都不是鋼鐵鑄成的，都需要休息。又到了星期五，三個好朋友相約第二天一起去白水鄉遊玩，放鬆身心。以前他們喜歡去龍宮探祕，還一直試圖繪製出龍宮的地圖，當然，現在還遠遠沒有成功。最近他們又迷上了白水鄉，一是因為白水鄉比龍宮寬廣，有更多的自然風景；二是因為白水鄉有一群木客鳥，很喜歡捉弄他們。他們都不是那麼容易服輸的人，尤其是柳真真，老是想去白水鄉與木客鳥鬥智、鬥勇。

到了第二天，知宵、真真和沈碧波暫時放下普通人的生活，結伴來到妖怪客棧金月樓。

沈碧波帶著許多他配製的噴霧，背包裡還裝著很多小道具。他還穿上了偽裝成普通夾克的羽衣，方便關鍵時刻變成一隻姑獲鳥——他變成姑獲鳥時會更加敏捷、厲害。

真真一直擅長符咒之術，經常隨身攜帶寫滿符文的紙條。她還從外婆那裡繼承了一枝神奇的毛筆，筆裡會冒出藤蔓。與這兩位做了充分準備的朋友相比，沒有什麼炫目道具的知宵實在太不起眼了。不過知宵擁有冰凍的能力，只要有水，他便能製造出一把冰劍或冰盾牌，甚至能做出冰雕，能力並不比他們弱。

他們打開金月樓的側門，走進門外的仙路裡。

眾所周知，仙路異常複雜，恐怕誰也不知道它們到底是如何分布的，因此至今尚未有仙路地圖。更準確的說，仙路位於異空間中，根本無法將它們用平面圖描畫出來。不過，聽說沉默大廈的商店會出售指示仙路方向的道具，它記錄了一些常用路線，比如怎麼通往每一片仙境。到了秋天，沈碧波很想趁自己生日時要那個小道具當禮物。

雖然沒有指路的道具，因為去過白水鄉好多次了，他們並不擔心迷路。剛一踏進仙路，知宵便感覺有些不舒服。他並不是特別在意，因為他一向不太習慣在仙路中行走。再說，他已經好久沒來仙路了，就像暈車的人太久沒坐車，一上車也會難受。知宵可不想表現出來，被同伴笑話，他只是深吸一口氣，跟在沈碧波和真真身後。

仙路裡的光線永遠是昏暗的，但是並不會太暗。仙境與人類世界的影像不時會投射進來，有些影子看起來很真實，有時候還會有聲音，令人以為它們是真的。

知宵最近發現，每一條仙路上的投影都不太一樣，例如，這條通往白水鄉的仙路上，幾乎都是滾滾的雲；通往羽佑鄉的那條仙路上，會有許多蝴蝶飛過。他把自己的發現告訴鼠妖柯立後才明白，其實仙路的投影就像人類世界裡馬路兩旁的建築與植物，是區別不同仙路的重要標誌。

「你們有沒有感覺難受啊？」真真突然說，「我有些噁心。」

「我也是，我還以為是我又暈仙路了！」知宵說，「沈碧波，你呢？」

沈碧波點點頭，說：「今天確實不太對勁，不過，有時候仙路也會出現動盪，以前我就遇過。我們走快一點吧！」

三個人加快了速度，幾分鐘後，他們聽到身後傳來尖細的叫聲，彷彿一根根細刺扎進耳朵裡。大家都伸手摀住耳朵，那聲音越來越近，知宵轉過身，看到一個火紅色的小妖怪正朝他們跑過來。那小妖怪身後飛舞著一團黑色的不明物體，還有許多觸手在空中舞動，像是一隻章魚。

路見不平，拔刀相助。等到小妖怪不再尖叫，知宵、沈碧波與真真一齊跑過去幫忙。

最近真真終於完全接受了自己的新身分，再次與自己熟悉起來。她的身體很輕盈，因為比朋友們跑得快，率先來到小妖怪身邊。她拿出毛筆朝前一揮，筆裡冒出張牙舞爪的藤蔓，撲向那黑色的章魚。章魚掙扎了幾下，可是遠遠不是藤蔓的對手。等知宵與沈碧波走近時，章魚已經被藤蔓纏住，動彈不得。知宵發現它不像是章魚，因為沒有五官，更像一團水草；他正要湊近些仔細看，章魚突然掙脫藤蔓，撲向大家。

「章魚」一靠近，大家都手忙腳亂，一邊躲閃一邊哇哇大叫。火紅色小妖怪叫得最大聲，但是現在知宵也顧不得摀住耳朵了，他迅速讓雙手結冰，用它們護住自己的腦袋。

這時，知宵的雙手不小心碰到了「章魚」的觸手。多麼奇怪的觸感！滑溜溜、涼絲絲，讓知宵想起了鼻涕蟲。真噁心！可是知宵沒有閃躲，他乾脆一把抓住觸手，想要凍一凍「章魚」，限制它的行動。

突然之間，「章魚」失去了咄咄逼人的氣勢，變得軟綿綿。知宵睜大眼睛，發現「章魚」正在變形，像冰淇淋在夏日的午後融化一般，不一會兒便消失無蹤。知宵仔細檢查自己的雙手，上面沒有殘留任何「章魚」的痕跡。可是那種滑溜溜的感覺還在，知宵覺得心裡發毛，拚命在褲子上擦著手。

「剛剛發生什麼事了？」真真驚訝的問道。

「李知宵，你到底做了什麼？」沈碧波也問。

「我和往常一樣降溫了，原來我這麼厲害嗎？」知宵說，「可是我並不想殺死它呀！」

「你不用覺得抱歉，它只是植物而已。」那火紅色小妖怪說，「你可真是厲害！」

知宵這才注意到他們搭救的這個小妖怪。他和兔子一般大小，長得也像兔子，不過耳朵要稍短一些；有金色的眼珠，身後拖著一條長長的尾巴，每一根毛髮都是火紅色的，還散發出淡金色的光芒。

「不好意思，你能不能蹲下來？」火紅色小妖怪說。

知宵乖乖照做，火紅色小妖怪抬起兩隻前爪，立起身子，仔細觀察知宵的手，表情嚴肅又認真。然後，他伸出自己的小爪子，放在知宵的左手上。知宵還以為火紅色小妖怪的爪子會很燙，不過它的溫度並不算高。

突然，像觸電一樣，火紅色小妖怪收回爪子，倒在地上，彷彿僵住了，他那閃閃發光、漂亮的毛瞬間暗淡下來。

「你怎麼了？」說著，知宵伸出手去。沈碧波拍開他的手，說：「別碰！」

知宵趕緊收回手，看著真真和沈碧波將那火紅色小妖怪扶起來。火紅色小妖怪也睜開眼睛，朝知宵嚷嚷道：「好險，好險，剛才我差點熄滅了。你為什麼要謀害我？」

「你誤會了，我並沒有這樣的想法！」知宵連忙說，「難道你怕冷？」

「我才不相信你，大家快來啊——」

火紅色小妖怪的聲音變得更加尖細，化成一縷縷輕風飛向仙路兩端。然後，他從地上蹦起來，舉起兩隻前爪朝知宵揮了揮，想要攻擊知宵又非常害怕，最後自己還後退了兩步。

知宵不斷安慰火紅色小妖怪，向他解釋自己並沒有惡意，可是無法讓火紅色小妖怪平靜下來。

知宵的聽覺向來敏銳，這時，他察覺到一些奇怪的聲響，像是細碎的腳步聲。不一會兒，好多發光的火紅色小妖怪從仙路的盡頭跑來。這些小妖怪體型相似，長相幾乎一樣，全都氣勢洶洶的瞪著知宵。知宵感覺自己被一大堆火焰包圍了。

「你想幹什麼？」

「是誰指使你的？」

「休想善罷甘休，我們不會饒過你的！」

「先把他綁起來再說！」

這些火紅色小妖怪生氣的嚷嚷著，大家都在說話，要完整聽清楚某一句可不容易。突然，一隻火紅色小妖怪像青蛙一樣蹦起來，「啪」的一聲落在知宵的胸口。這隻火紅色小妖怪瞬間失去形體，就像一團軟軟的泥，泥裡伸出許多觸角，慢慢將知宵纏繞起來。

「你們先冷靜一點兒，聽我解釋！」知宵說。

「沒什麼好解釋的，傷害我們當中的任何一個，就是傷害我們大家！」一隻火紅色小妖怪說。

其他火紅色小妖怪紛紛附和，他們的嗓音都很尖細，繼續折磨著三個人的耳朵。為了保護自己的聽力，沈碧波和真真不約而同的退到稍遠一些的地方。可是知宵擔心踩傷這些火紅色小妖怪，一動也不敢動。他想了想，伸出左手，說：「我會讓自己變得很冷、很冷，你們真的不怕嗎？」

這些火紅色小妖怪你看看我、我看看你，都愣住了，最後他們的目光集中在其中一隻火紅色小妖怪身上。

「確實如此。」那隻火紅色小妖怪恨恨說著，又瞪了知宵一眼。看來，他就是被知宵凍傷的小傢伙。

「怪不得剛才那麼難受。」另一隻火紅色小妖怪說。

這些火紅色小妖怪害怕得紛紛後退，知宵胸口的小妖怪趕緊恢復原形，落回地面。大家繼續互相張望，還不時的看看知宵，不知道該怎麼辦才好。

「雀耳越來越狠心了，竟然派來這麼可怕的怪物！」這時，一隻火紅色小妖怪抱怨著。

「我不知道雀耳是誰，我只是不小心凍傷了你——」知宵環視這些小妖怪，實在找不出他凍傷了誰，「你們當中的某一個。我可不是怪物，你們會不會太誇張了？」

「你真的和雀耳沒關係嗎？」一隻火紅色小妖怪問道。

知宵想起妖怪房客閒談時好像說起過這個名字，於是問道：「雀耳到底是誰呀？」

這些火紅色小妖怪全都望著知宵的臉。過了一會兒，一隻火紅色小妖怪鼓起勇氣走上前來，說：「你剛才凍傷了我，我差點兒就死了，你應該補償我。那些臭野草也很害怕你的低溫，你應該來當我們的幫手！」

「幫忙做什麼？」知宵說，「還有，你們是誰？」

這隻火紅色小妖怪眼神迷茫，轉過頭跟同伴竊竊私語。現在他們不再尖叫了，真真和沈碧波又回到知宵身邊。

「雀耳是仙路的管理者，是霸下的女兒。這些小傢伙是火光獸。」沈碧波說，「有一次我和金銀先生在仙路裡迷失了方向，他們幫我們帶過路，但是並沒有幫我們找到目的地，倒是將我們帶進了他們布置的陷阱裡，讓我們一直在相同的地方打轉。」

「火光獸是誕生在仙路裡的妖怪，對嗎？他們一向膽小、羞澀，神神祕祕，沒想到今天在這裡見到這麼多！」真真說。

霸下是龍王的第六個孩子，也是知宵的師父螭吻的哥哥。知宵聽房客們提起過霸下，說他非常豪爽，重情、重義，交遊廣闊，不過，知宵還沒見過他。霸下的女兒又是何方神聖？知宵更是不得而知。

知宵也聽房客們講起過仙路裡的妖怪。他們生於斯、長於斯，幾乎從不離開仙路去其他地方。如果有誰在仙路裡迷失了方向、大聲求助，這些火光獸心情好的時候，馬上就會幫忙帶路；要是他們心情不好，就會過好幾天才來幫忙，有時候還會將迷路的妖怪或人類，引去更混亂的地方，就像沈碧波與金銀先生之前的遭遇一樣。也就是說，不要指望迷路後，可以馬上得到火光獸的幫助。

白若並沒有描述火光獸的長相，在知宵的想像裡，他們的體型應該更大，長相也會更可怕，比如說，臉上覆蓋著厚厚的毛髮，眼睛長在背上。今日一見，他們竟然如此嬌小玲瓏，還毛茸茸的，真是出乎意料。

「我們還記得你。」一隻火光獸對沈碧波說，「本來我們也不想為難你，可是那時候的你跟現在不太一樣，冷冰冰又硬邦邦的，和雀耳真像，我們不得不將你困住。再說，你有什麼好抱怨的？和你在一起的那個姑獲鳥，不是很快就找到出路了嗎？」

知宵看了看沈碧波的臉，對火光獸說：「別說了，他到現在還在生氣呢。」

「我才沒有生氣！」沈碧波白了知宵一眼，「已經是兩年前的事了，我沒那麼小心眼。」

真真的心思完全沒在這件小小的往事上，她被火光獸那可愛的長相迷住了，於是蹲下來說：「我的體溫很高，可以摸摸你們嗎？」

這些火光獸嚇得連連後退，緊張的瞪著真真。真真只好說：「你們不願意就算了，別害怕，我不會不經同意就摸你們。」

這些火光獸還是不敢靠近，過了半晌，一隻火光獸稍微上前兩步，對知宵說：「最近我們這裡突然冒出許多會飛的植物，全都長得像剛才被你捏死的那一棵。我們得到可怕的命令，必須將所有仙路清查一遍，找出它們來自何處。那些植物很可惡，總是攻擊我們。你是它們的剋星，所以，你必須當我們的保鏢，和我們一起清查仙路。」

「只要我陪你們將所有仙路走一遍，捏死所有『章魚』就行了嗎？」知宵問道。

「沒錯。」

「它們真的只是植物嗎？」知宵又問。

「我昨天不小心咬斷了它們的爪子，味道嘗起來和草一樣。如果不信，你等會兒可以嘗嘗。」

知宵一想到剛才那植物的觸感便覺得噁心，趕緊搖頭拒絕。仙路裡確實長有許多奇異的植物，知宵偶而也見過看起來很像珊瑚的草。一想到這是個遊覽仙路的好機會，知宵便毫不猶豫的答應了。沈碧波和真真當然也要湊熱鬧，所以也願意當火光獸的保鏢。

「沒問題，不過，如果你趁機摸我們，我們會吐出心中的火焰，燒掉你的頭髮，明白嗎？」一隻小火光獸說著，將目光轉向真真。

真真使勁點了點頭。

第二章

吵吵鬧鬧的火光獸

火光獸雖然體型嬌小，卻擁有無窮的精力。一路上他們一直蹦蹦跳跳、打打鬧鬧，嘰嘰喳喳的講個不停；他們說話的速度很快，知宵只能聽到一些殘缺的語句，湊不出完整的含義。不過，火光獸之間能夠互相理解，他們關係親密，還會不時的互相挨一挨臉頰，或是碰一碰耳朵，不然就將尾巴交纏在一起。可是，他們又是十足的小孩子脾氣，不一會兒便吵了起來。

這群火光獸大概有一百隻，他們一刻也不消停，要數清楚可不容易。在他們的帶領下，知宵、真真和沈碧波穿梭在仙路裡——有的仙路低矮、狹窄，空氣沉悶，光線非常昏暗，很少有仙境或是人類世界的投影；有的仙路高大、寬敞，布滿影子，或是生長著五彩斑斕的植物。知宵四下張望，覺得處處新奇。三個好朋友本來準備到白水鄉野餐，背包裡都裝滿了乾糧。可是火光獸太多了，再多的乾糧也不夠分。雖然有些捨不得，知宵還是詢問大家要不要吃點東西。

「我們不需要從人類的食物裡汲取營養。」一隻火光獸說。

「但是，如果你一定要給我們，我們也不會拒絕。人類的食物挺好吃的。」

這些火光獸睜大眼睛望著知宵，似乎很想吃東西。知宵自己只留了一小包餅乾，把剩下的點心全部拿出來。真真與沈碧波也拿出背包裡的食物，他們將點心堆在一起，與火光獸分享。

這群火光獸小口、小口的進食，但是咀嚼的速度很快，有些像老鼠。看他們吃得津津有味，知宵覺得自己手中的餅乾也變得更好吃了，所以也就不介意自己能不能吃飽。

下午他們繼續在仙路裡調查。所謂的調查，不過是一直行走。這群火光獸根本沒有仔細檢查，還不如知宵他們三個保鏢認真。而且，只要有妖怪迎面走來，火光獸便會逃之夭夭，等到路過的妖怪走遠了才會再現身。

到了下午兩點多，大家只遇到一隻「章魚」，而這群火光獸已經爭吵過十幾次，又和好過十幾次。知宵光是旁觀他們不斷爭吵又和好，便感覺疲憊，他們卻好像樂在其中。

很快的，又一次爭吵開始了。起因非常簡單：這群火光獸突然對三個保鏢產生興趣，並猜測他們到底是人類還是妖怪。真真雖然還像人類一樣生活，卻已經接受自己是妖怪這個事實，這群火光獸也都猜測她是妖怪。面對知宵和沈碧波時，這群火光獸的想法有了分歧，開始爭吵。他們根本不想聽知宵或沈碧波說出正確答案，也不准他們說話，硬是要爭出個勝負，結果吵來吵去，誰也無法說服誰，竟然打成一團。

前十幾次爭吵時他們沒動手，難道是耐心耗盡了，只好動手？知宵、真真和沈碧波拚命勸說大家冷靜下來，這群火光獸根本不理會他們，混亂之中，他們反而被抓了好幾下。

「算了，讓他們打個痛快吧，我們在旁邊等著。」沈碧波有些生氣的說。

三個人盤腿坐在路邊，望著眼前的混亂場面。幾分鐘後，又有一個妖怪從這裡經過，這群火光獸全都躲了起來。等到他們再次聚攏時，終於決定不再打架。

「累死了，我四肢無力，要回家裡睡覺了！」

「我也要回去睡覺！」

「我也是！」

「我也是！」

…………

看來所有火光獸都打算回家去了，知宵問道：「我們不繼續清查仙路了嗎？」

「我們今天已經很努力了，誰都會誇讚我們，明天再繼續吧。」一隻火光獸說。

「那你們得先送我們回去才行，我們不認得路！」真真說。

沒有一隻火光獸願意做這件事，於是他們又聚在一起商量了一陣子，最後有一隻火光獸轉身走向他們，嘆了一口氣，領著三個孩子前往客棧。來到仙路盡頭，也就是客棧的門前，這隻火光獸認真的看著知宵，說：「我認為你是妖怪。」然後轉頭看向沈碧波，說：「我認為你是人類。」

「要不要聽聽正確答案？」沈碧波說。

「不用！你們說了不算，我們說了才算！」這隻火光獸一本正經的拒絕了，又轉頭看著知宵：「你的身體能降溫，你真可怕！」說著便渾身發抖。

知宵恍然大悟，眼前這隻火光獸應該就是被他凍傷的那一隻。他趕緊說：「非常抱歉，今天凍傷了你。」

沒想到，這隻火光獸有些困惑的回答：「你凍傷的不是我。那是因為我們火光獸能夠感受到彼此的情緒。明天見。」

知宵有些驚訝，火光獸之間能感受到每一個個體的情緒和記憶，那他們豈不是沒有隱私嗎？

說完，火光獸轉身跑開。知宵和他的朋友回到客棧時，螃蟹妖轟隆隆製作了點心，正想要招待他們享用下午茶，他們中午沒吃飽，肚子正咕咕叫呢，便開心的吃起來。三個人癱坐在沙發上休息，耳邊沒有火光獸的爭吵，世界終於清靜了。

麻雀妖白若也飛過來，落在沙發扶手上。因為剛才在廚房裡偷了食物塞進肚子裡，他打了個飽嗝，問起三個孩子今天的行程。聽大家講完後，白若笑嘻嘻的說：「一定是雀耳讓火光獸去清查仙路。她真厲害，可以讓火光獸服服貼貼的。」

「那可不一定。」知宵說，「火光獸不時的就會抱怨雀耳兩句，心中有很多不滿。」

「我倒覺得雀耳做得很好。」白若又說，「七、八年前，霸下才是仙路的管理者。不，更準確的說，是霸下在照顧火光獸。我沒見過幾隻火光獸，只是聽說他們非常孩子氣，到處惹麻煩，一不小心就得罪了誰，不然就是彼此打得不可開交。霸下看起來粗枝大葉，其實很溫柔、很和善，這讓火光獸更加無法無天。雀耳接管仙路後，對待火光獸非常嚴厲，火光獸終於慢慢學乖了。就算這樣，要整天和他們相處，一定也很累吧！」

「沒錯！」真真說，「我的耳朵裡到現在還全是他們說話和尖叫的聲音，恐怕今晚做夢都會夢到！」

白若嘻嘻笑了起來，又說：「火光獸膽小又怕生，卻願意全部出現在你們面前，你們應該高興了。再說，這也是很有趣的經歷，可以走遍所有仙路！」

這幾句話說到知宵、真真與沈碧波的心坎裡了，所以，哪怕抱怨連連，他們還是決定明天繼續到仙路裡當火光獸的保鏢。

「對了，真真，我也是最近才聽認識的妖怪說起，原來小麻是雀耳的朋友。這件事你知道嗎？」白若問。

小麻是一個長得像老虎的妖怪，黃色的身體上沒有斑紋，有深褐色的斑點。他的體型嬌小，和茶杯差不多大，就像一隻布老虎，非常可愛。但是小麻很喜歡捉弄、嚇唬小孩，知宵對他的印象不怎麼好。

真真六歲的時候，小麻想要嚇唬她，不小心被她抓住了尾巴，於是真真與小麻成為關係親密的朋友。小麻常常說真真只是他的食物，總有一天他要吃掉真真，實際上他卻很關心真真。上次真真住院，小麻急得團團轉，一直忙前忙後，知宵都看在眼裡。

真真搖搖頭，說：「我不知道。小麻總是突然出現，突然離去，很少對我講起他自己的事。不過，小麻和仙路有關是好事，這樣我就能經常去仙路玩啦！」

第二天，三個好朋友再次在客棧碰頭，一起去仙路。他們默默走了幾分鐘便來到第一個岔路口，這才想起他們根本沒和火光獸有任何約定，不知道是幾點鐘在哪裡會合。沈碧波回想上次迷路的經歷，提議大家大聲呼喊火光獸，他們聽見了應該就會出現。於是三個人留在原地拚命呼喊，過了十多分鐘，有一隻火光獸突然跑過來，與大家一起繼續清查仙路。

「昨天我們查到哪兒了？」這隻火光獸問道。

「我們怎麼知道？這是你們的地盤，你們應該記得吧？」知宵說。

這隻火光獸不太確定的點點頭，領著大家在仙路中穿行。過了一會兒，知宵問道：「為什麼只有你一個？」

「他們不想來。我本來也不想來的，但是，誰讓我昨天找你來幫忙呢？他們說，這一切都是我的責任，要我堅持到底。」這隻火光獸瞪了知宵一眼，「你為什麼要答應幫忙呢？」

「不對吧？是你們昨天一定要我當保鏢的呀！又不是我逼迫你們清查仙路的！」

「難道不是嗎？」這隻火光獸無辜的反問。

真會推卸責任！知宵嘆了一口氣，說：「這是你們的任務，也是你們的責任，哪怕沒有我們幫忙，你們也應該堅持下去。仙路是你們的家，你們難道不在意嗎？」

這隻火光獸正想說點什麼，突然一隻「章魚」從旁邊的仙路裡飛來。真真拿毛筆死死纏住它，知宵又凍了凍它，它便消失了。這隻火光獸嚇得縮成一團，耳朵也耷拉了下去。

「面對張牙舞爪的草，我們真是毫無辦法。」這隻火光獸說，「它們會把我們捲起來，死死纏住，讓我們動彈不得。」

知宵安慰了他幾句，問道：「這些『章魚』是從什麼時候出現的？是在仙路裡出現的，還是從仙路外面飛來的？」

「它們和火光獸一樣怕冷，應該都是在仙路裡誕生的吧！」沈碧波說。

「真奇怪，它們只攻擊你們，對我們三個人毫無興趣，難道是因為你們會發光嗎？」真真說。

「只攻擊我們？真奇怪，仙路怎麼會讓傷害我們的雜草誕生呢？」這隻火光獸說，「事情不會這麼簡單的，一定有陰謀！」

「什麼陰謀？」真真好奇的打聽著。

這隻火光獸咬緊牙關，什麼也不肯說。大家討了個沒趣，繼續往前走。不久，知宵聽到一個微弱的聲音從耳邊飄過。他轉過頭，看到一隻半透明的、乒乓球般大小的山羊。知宵想要伸手抓住它，但它飄遠了，幸好沈碧波就在旁邊，便一把將它捏住，放在耳邊傾聽。

「是曲江的聲音！」沈碧波高聲說，然後將山羊交給知宵。

知宵也把它放在耳邊，果然聽到曲江的聲音從裡面傳出來：「我是曲江，住在金月樓，如今被困在仙路中，無論是誰聽到這個留言，請幫忙通知我在金月樓的夥伴。非常感謝！我是曲……」

知宵又將山羊拿給真真聽，聽完後，真真說：「這是曲江的求救訊息。」

知宵點點頭，說：「沒錯。大約是在兩個星期前，我們收到曲江的明信片，上面寫了他要回家的日期，現在早就超過了，原來他是被困在仙路裡。」知宵蹲下來看著這隻火光獸，問道：「你能帶我去找曲江嗎？」

「曲江是那個唱歌很難聽的老山羊嗎？不行，我不能帶你們去找他。」他將兩隻前爪抱在胸前，一本正經的說。

「他應該像我和金銀先生那次一樣，被困在陷阱裡了。」沈碧波說，「這次的理由又是什麼呢？」

「因為他三番兩次唱非常難聽的歌，我們對他的忍耐已經到了極限！」這隻火光獸說。

曲江最大的愛好是唱歌，哪怕大家多次抗議他的歌聲太難聽，他依然不肯放棄自己的愛好。知宵常常被曲江的歌聲折磨，多少能明白這些火光獸的心情。

「你們可以好好和曲江說，沒必要將他困在仙路裡。」沈碧波說。

「商量是沒用的，我們就是要給他一點顏色瞧瞧！」這隻火光獸固執的說。

「那你們想讓曲江在仙路裡待多久才願意放他離開？」知宵問道。

「等他自己找到出路不就行了？」這隻火光獸得意洋洋的說，「不過，那是我們精心設置的陷阱，他好像也沒那麼厲害，應該要很久才能重獲自由吧？哈哈哈！不對，不對，他的求救信號已經飄出來了，說不定他很快就能找到出路，糟糕！」

故意讓別的妖怪吃苦頭，並且以此為樂，知宵突然發現，眼前的火光獸並非單純、可愛的小生靈，怪不得白若對他們的評價不佳。知宵將目光轉向自己的左手，靈機一動，就說：「要是你不放了曲江，我就凍傷你！」

這隻火光獸臉上的得意神情消失無蹤，驚恐的望著知宵。知宵心中竊喜：「這一招還真好用，以後面對這些頑皮的火光獸，我根本不用擔心無法招架。」然而，喜悅很快散去，他開始後悔自己的舉動。隨意利用其他妖怪的弱點傷害他們，知宵感覺自己很卑鄙。如果他是火光獸，此刻該有多麼害怕呀！

這隻火光獸慌張的跑開，開始哇哇大叫。他的聲音又尖又細，知宵、真真和沈碧波緊緊摀住耳朵：那叫聲彷佛長了腳，還是找到空隙鑽進來。很快的，這隻火光獸安靜下來，可是那些尖細的聲音久久沒有消散。知宵甩了甩腦袋，想把聲音甩出去，說：「你不願意就算了，不要突然大叫，行嗎？我會憑自己的力量找到曲江，你不會阻攔吧？」

這隻火光獸一言不發，只是瞪著知宵。這時候十幾隻火光獸跑過來，碰了碰這隻火光獸的耳朵與尾巴，像是在打招呼，然後一起瞪著知宵。承受這麼多的嚴厲目光，知宵感覺自己做了世上最可怕的一件事，於是對這隻火光獸說：「對不起，我不該威脅你。」

「這個人類小孩和雀耳一樣壞！」一隻火光獸說。

「不對，這個妖怪小孩和雀耳一樣壞！」另一隻火光獸糾正道。

「不對，他是人類，昨天我們就說好了！他和雀耳一樣壞！」

「不對，他是妖怪，前天我們就說好了！他和雀耳一樣壞！」

「不對，他是人類，去年我們就說好了！他和雀耳一樣壞！」

不知道為什麼，這些火光獸又為了知宵的身分爭吵起來。大家無法達成一致意見，但是都認為知宵與雀耳一樣壞。當然，他們絕對不允許知宵插嘴，所以，這場爭吵反而和知宵沒有關係了。知宵忍不住想：「難道雀耳經常威脅要凍傷他們嗎？」

「和我一樣壞，那是有多壞呢？」

一個陌生的聲音突然響起，蓋過了這些火光獸的爭吵。那是一個動聽的年輕女子的聲音，彷彿有某種魔力，令所有火光獸都不再說話，他們一動不動，彷彿被施了定身術。

知宵不能確定聲音來自哪個方向，便轉頭看看仙路這一端，空空蕩蕩；再看看另一端，發現一個女孩子正款款走來，腳邊還跟著一隻黃色的貓。等到離得近了，知宵發現那隻貓身上沒有條紋，而是布滿深褐色的斑點。雖然已經好久不見，但是他再熟悉不過了。

「小厤！」真真率先衝著小貓喊。

小厤也歡歡喜喜的和真真打招呼，還向沈碧波與知宵問好，只是態度要冷淡得多。小厤與真真似乎也很久沒見面了，有許多話想要說，不過眼下並不是敘舊的時候。這群火光獸膽怯的望著小厤身邊的女孩，知宵、真真和沈碧波也好奇的望著她。

女孩看起來十五、六歲，瓜子臉上點綴著一雙圓圓的眼睛。她的皮膚很白，脖子上掛了一串乳白色的珠子。她穿著一條綠色的裙子，涼鞋也是綠色的。可能因為綠色悄悄瀰漫開來，所以襯托得她的皮膚也泛出綠意。最惹人注目的是，她有一頭紫紅色的齊腰長髮，隨意披散著。她彷彿是那種隨時可以出現在動畫片裡的角色。

這是一個多麼可愛的大姊姊啊！知宵本來這樣想，但女孩的眼神太過冷峻，加上這些火光獸看到她時那膽怯的模樣，知宵便明白她非同一般。剛才那句突然傳來的話應該出自她的口中吧？知宵多少猜到了她是誰。

女孩將目光轉向知宵，冷冷的看了他幾秒鐘，說：「這個孩子和我一樣壞？你們是在小看我嗎？」

女孩又轉頭看著這些火光獸，他們耷拉著耳朵，尾巴無力的垂在地上，緊緊依偎著，一聲不吭。這氣氛真可怕，知宵也跟著緊張起來，思索著該說些什麼才好。真真上前兩步，大方的說：「你好，請問你是雀耳嗎？我是柳真真！」

「哦？」雀耳看著真真，嘴角帶著一抹令人不快的微笑，「小麻喜歡的那個小姑娘，原來就是你！」

雀耳似乎對知宵、真真和沈碧波不感興趣，來到這些火光獸面前，說：「我給了你們一個星期的時間，現在已經是第三天，你們的調查進行得如何？」

這些火光獸推擠著，終於有一隻火光獸被推出來。他小聲說：「我們正在認真清查仙路，絕對不會讓你失望！」

「這三個小孩子為什麼會在這裡？」雀耳又問。

「那個鬈髮的小男孩，」這隻火光獸看了知宵一眼，「他的體溫很低，那些植物很害怕他，所以我們請他幫忙。」

「原來如此。但是我說過讓你們獨立調查，不是嗎？」雀耳依然很平靜的說。

這隻火光獸不知道該說什麼才好，眼珠骨碌碌轉了幾圈後，轉頭撲向其他火光獸，藏在他們中間。

雀耳個子嬌小，沒有比知宵高多少。身為霸下的女兒，她應該是法力高強的大妖怪，但是她並沒有散發出可怕的氣息。知宵不像剛才那樣緊張了，便說：「我只是跟在他們身邊走路，捏死了兩隻『章魚』，其他時候都是他們在努力調查。」

雀耳瞟了知宵一眼，繼續說：「我再三強調過，希望你們獨立完成任務，我相信，你們當中至少有一位成員聽到我講的這句話了。我想知道，一開始是誰想出這個主意，要找這個孩子幫忙的。」

這些火光獸又開始你看看我、我看看你，小聲、快速的說著什麼，和剛才一樣，不一會兒，又有一隻火光獸被推出來，知宵發現，他身上的光芒暗淡許多了。

「我是非常認真的，所以，請你接受處罰。」雀耳又說。

這隻火光獸突然豎起耳朵，尖著嗓子說：「請你饒了我這一次吧！我昨天才被凍傷，現在還沒恢復過來呢！」

「你的聲音太大了。」雀耳冷冷的說。

「請你饒過我吧！下次我絕對不敢再犯！」火光獸捏著嗓子小聲說。

「沒關係，這次我不會讓你受凍。」雀耳蹲下身來，伸出左手，用食指在這隻火光獸的額頭上寫著什麼，彷彿是某種文字，又彷彿只是單純的亂畫。她的指尖冒出淺紅色的微光，但很快就消失了。當她把手指挪開時，這隻火光獸的眼珠突然定住了，他呆呆傻傻的張著嘴巴，一動不動。

雀耳站起身來，說：「從此以後，『金燈』就是你的名字了。」

「金燈……」這隻火光獸喃喃自語，聲音好像是機器發出來的。其他火光獸也小聲念叨著這兩個字，眼神裡滿是驚恐。很快，擁有名字的火光獸回過神來，用兩隻前爪使勁揉搓自己的額頭，想擦掉那個看不見的名字。拔下幾根毛後，他發現一切只是徒勞，便趴在地上開始打滾兒，不停的說：「不要！不要！我不要！我才不要名字！」

「一個名字！太可怕了！」另一隻火光獸也嚷嚷著，開始在地上打滾兒。其他火光獸受到影響，也變得很難過，全都在地上打滾兒。他們彷彿是從筐裡不小心滾落的紅蘋果，越滾越遠，四散開去。這時，雀耳卻像台下的觀眾，竟然笑了起來，他好像很滿意自己的所作所為。

「我還有好幾百個好名字，需要找到合適的主人。你們如果繼續胡來，我就將它們全部送給你們。」雀耳說。

這些火光獸依然在打滾兒，又慢慢聚攏過來。他們的身體似乎縮小了，身上的光芒都暗淡了。

知宵覺得「金燈」是一個很動聽的名字。他不明白這個名字為什麼可怕，但是看到這些火光獸的模樣，哪怕是鐵石心腸的人，也不可能袖手旁觀。

「等一等！」知宵鼓起勇氣說：「你這樣做是不是有些過分？」

「哪裡過分？這樣不是很好玩嗎？」雀耳說。

「到底哪裡好玩了？」真真說，「怪不得火光獸這麼怕你！」

「他們害怕我是應該的，因為，這些年來我一直負責照管他們，為他們善後。」雀耳說，「還有，你們擅自幫助他們，不是應該負起很大一部分責任嗎？我原諒你們不知情，今後請不要再出現在這裡了！」

「那隻火光獸很難受，請你拿掉他的名字！」真真繼續說。

雀耳皺著眉頭，說：「你們真吵，比火光獸更吵。」

真真還想說些什麼，突然，雀耳緩緩伸出左臂，只輕輕一揮，知宵、真真和沈碧波便騰空而起，在仙路裡快速飛行。不一會兒，他們便落在妖怪客棧那扇門前面了。

真真生氣極了，一從地上爬起來便往回跑，但是經過兩個岔路口後，他們便不清楚該往哪裡前進，於是只好往回走，又回到客棧裡。

第三章

雀耳的命令

三個好朋友回到客棧不久，曲江也提著行李箱歸來了。房客們很久沒有見到這位老朋友了，都高興的圍過去。曲江和大家簡單打了招呼，便開始抱怨火光獸的小把戲，說：「幸好雀耳發現了我，不然我不知道還要在仙路裡轉多久！我放出好多求助的聲音，但是自己都沒成功走出來，那些聲音一定也沒找到出路吧？」

知宵說起他們抓到曲江的聲音的事，又講起雀耳的所作所為。三個人耿耿於懷，想替火光獸打抱不平，但是房客們似乎都贊同雀耳的做法。

「那些火光獸確實太淘氣了。」曲江恨恨的說，「知宵，我們不想讓你單獨跑進仙路，一是擔心你迷路，二是擔心你不小心招惹了火光獸。不過，有了名字會是這麼可怕的事嗎？我實在不明白那些小傢伙。你們別擔心，雀耳與火光獸相處很久了，自然有分寸，我們不過是不了解情況的旁觀者。快把心收回來，不如聽我講一講旅途趣事吧？」

「還有其他旅途趣事嗎？」知宵說，「你寄回來的明信片上已經寫得夠多了！」

「明信片只是草草寫成，哪有我當場講的那麼生動！」

「比起旅途趣事，我更關心有沒有禮物。」知宵笑嘻嘻的說。

「你們想要什麼？」曲江的目光掃過知宵、真真和沈碧波，「最近我找到一條能夠在三個小時內到達義大利的仙路，你們要是想買東西，現在我就可以帶你們去。我這次出門旅行，可不像你們人類，就是為了在有名景點拍幾張照片，買一堆紀念品。」

曲江清了清嗓子，表情也變得嚴肅起來，彷彿要發表重要的演說。

「一開始，我想去那些出現在經典小說中的命案現場，這是作為讀者的私人興趣。可是走的地方多了，我終於發覺人類的天才，他們建造了許多恢宏、動人的建築！於是我決定把有名的古建築全部看一遍。建築是凝固的音樂，你們聽過這句話嗎？當我置身那些宏偉的建築之中時，確實感覺自己像身處音樂會，或者說，我已化成了樂譜上一個小小的音符。這些美好的感覺只在我的心裡，很難與你們分享，或許你們到了那些建築物中，就能理解我的心情。總之，我對旅遊紀念品沒興趣，什麼也沒買。」

曲江是客棧裡最年長的妖怪，自認為德高望重，最喜歡講這種不近人情的大道理。知宵嘆了一口氣，說：「不是這樣的，哪怕只是一包零食也好，一片漂亮的樹葉也好，禮物就是禮物。」

「知宵說得對，再小的禮物也會讓人高興。」真真說，「曲江，你應該向韋老師學習一下，習慣送禮物。」

「那……我現在去買，可以嗎？」曲江說。

「現在去買意義就不一樣了，算了。」知宵又說，「你在仙路裡轉了那麼多天，一定很累了。」

曲江這才意識到自己的疲憊，他決定先去整理房間，洗個澡，好好睡一覺，再與朋友分享旅途趣事。知宵只需要在曲江做完這些事前離開客棧，別被抓去聽他談天說地就好。

「我還是覺得雀耳的做法不對。」知宵又說，「她是霸下的女兒，雖然身分很尊貴，並不代表她掌握了正義。」

真真與沈碧波也有同樣的想法，他們可不想就此罷手，於是一起來到螭吻仲介公司的辦公室，想聽聽茶來的想法。

茶來是一隻五彩斑斕的貓妖，跟隨螭吻工作，一直負責管理仲介公司，努力為妖怪提供幫助。以前課業沒這麼繁重時，知宵和真真、沈碧波偶而還會到仲介公司來幫忙。不過知宵很早就發現，仲介公司的工作非常清閒，所以哪怕沒有助手，茶來也經常呼呼大睡。後來有一段時間仲介公司的業務量比較大，房客蜘蛛精八千萬便來幫忙，不知不覺也成為正式員工。有了八千萬常駐此地，茶來睡覺的時間就更多了。

沒想到的是，茶來也站在雀耳那一邊。

「你們最好不要去招惹雀耳，她看起來很文靜，話也不多，心腸卻硬著呢！千萬不要給自己惹麻煩。」茶來說，「這都是前車之鑒，有一次我不小心得罪了她，被霸下發現了，喵喵，他差點兒把我捏成肉丸子！」

「茶來，你明明這麼懶，怎麼好像總是會不小心就得罪某個很厲害的角色。」沈碧波說。

「也不算不小心，我是想試試大家的底線在哪裡。唉，當時年輕不懂事嘛！」

這時敲門聲響起，螃蟹精轟隆隆很快走進來，並告訴三個人，有一隻火光獸在通往仙路的那扇門外等他們。知宵、真真和沈碧波辭別茶來，來到仙路後，看到一隻火光獸正乖乖蹲坐著，嚴肅的望著知宵。

「你是金燈嗎？」知宵問。

「不要提那個名字！」這隻火光獸的聲音比往常更加尖細，他的耳朵與尾巴都立了起來，隨即，他伸出一隻前爪摀住胸口，繼續說，「名字毀了一切，他太可憐了，現在依然在四處打滾兒。我們不知道該怎麼辦。」

聽了這些話，知宵知道他不是金燈，於是又問：「你能告訴我們，為什麼一個名字會讓你們這麼害怕？你們本來沒有名字嗎？」

「當然沒有名字，火光獸也是你們對我們的稱呼。我們都是仙路裡誕生的精靈，雖然各自跑來跑去，有時候相處得不開心還會打起來，但是我們能夠感受到彼此的喜、怒、哀、樂，我們是一體的。如果必須擁有名字，那我們只能擁有相同的名字。現在只有他被賦予一個古怪的名字，我們已經不太能夠感受到他的情緒，一切都不一樣了。」

這隻火光獸趴在地上，似乎耗盡了力氣，讓人想去摸摸他的腦袋安慰他。真真上前兩步，好像真的準備這樣做。不過，火光獸的情緒變化無常，他突然從地上跳起來，伸出爪子指著他們，說：「一切都是你們的錯，尤其是你！」小小的爪子指向知宵便不再移動，他繼續說，「我們本來過著平靜的生活，要不是你突然跑到仙路來，捏死一隻臭『章魚』……你們必須想辦法幫他擺脫那個可怕的名字！」

知宵也認為自己脫不了關係，但他並不認為這一切都是自己的責任。考慮到火光獸的孩子脾氣，知宵並不想計較這些細節。他問道：「那我應該怎麼做呢？」

「當然是想辦法說服雀耳，讓她拿走那個可惡的名字！」這隻火光獸說。

知宵的眼前浮現出雀耳那冷漠的目光，沒自信的說：「雀耳會聽我們的嗎？」

「要不要找螭吻先生幫忙？」沈碧波說，「他畢竟是雀耳的叔叔。」

「連霸下大人都拿雀耳沒辦法，更別提螭吻了！」這隻火光獸抬起腦袋看看身後，似乎在擔心什麼，然後壓低聲音說，「雀耳就是一個可怕的魔王，自從她接管仙路後，只做了一件事，就是讓我們過得不痛快！我們懷疑仙路出現異常，就是雀耳在故意搗鬼！」

「她應該不會做出這樣的事情吧！」知宵說。

「你不了解她有多麼狠心！上次因為一個什麼波粼粼，她就氣得快要將我們吞進肚子裡了！」

「波粼粼」這個名字也是知宵再熟悉不過的了。她是生活在海中的鮫人，擅長編織稀奇古怪的夢境，有一次甚至因此陷入險境，被困仙路之中。

「雀耳為什麼生氣？」真真問道。

「她說波粼粼被囚禁在仙路裡，我們作為仙路中的精靈竟然毫不知情，這是我們失職。這和我們有什麼相干？我們到現在都不清楚到底有多少條仙路！況且那還是一條快要消失的仙路，待在裡面會胸口發悶，我們才沒那麼傻，沒事誰會跑到那裡去。真奇怪？雀耳根本不認識波粼粼，幹麼那麼生氣？明明是想找個藉口指責我們嘛！有時候，我們真的想搬走，永遠不再看到雀耳的臉，可是，我們又沒辦法在仙路以外的地方生活。唉！」

這隻火光獸又一次趴在地上，看起來可憐巴巴的。可是，知宵覺得雀耳的想法挺有道理，只是不打算說出來，免得讓他更傷心。

「雖然雀耳很討厭，她的想法並沒錯。」真真像往常那樣有話直說，「還有，我不認為讓你們有了名字全是我們的錯。雀耳讓你們獨立調查，你們為什麼不告訴我們呢？請不要推卸責任，也不要太悲觀，你們要努力為自己的命運抗爭！」

真真突然提高聲音，這隻火光獸抬起頭來望著她。

「雀耳出現的時候，你們的表現也太可笑了。」真真繼續說，「為什麼那麼害怕呢？為什麼要非常小聲的和她說話？」

「雀耳討厭吵鬧，認為我們的聲音太尖細、太刺耳，所以不讓我們高聲說話。」這隻火光獸說。

「你們有時候確實很吵，但也不用刻意壓低聲音吧？你們應該用正常的聲音，當著雀耳的面說出你們的不滿，不要任由雀耳決定你們應該說什麼、做什麼！」

真真向來落落大方，自信滿滿，這讓她的話顯得很有說服力。這隻火光獸一直望著真真，過了半晌才問道：「那你認為我們應該怎麼做？」

「我們三個人和你們一起去找雀耳，大家不要再畏首畏尾，把心裡話統統講出來吧！」真真說。

誰都看得出來，剛才在仙路裡見面時，雀耳根本不把他們放在眼裡。再說，他們剛剛被雀耳扔出仙路，都氣呼呼的，所以，知宵和沈碧波也贊同真真的提議。三個人你一言、我一語，在旁邊說了一些加油、打氣的話。

這隻火光獸聽了有些動心，終於從地上爬起來，帶領他們去找自己的同伴，大家一起商量。走了一會兒，這隻火光獸就被路邊的一株綠色植物吸引住了，還不斷發出驚嘆的說：「哇！真是少見！」

「為什麼少見？」知宵說，「雖然我也沒見過多少，但是我感覺仙路裡的其他植物，都比它好看得多。」

「正因為你見得太少，所以不明白。」這隻火光獸說，「我們這裡和你們的世界或仙境不同，很少有綠色的植物。啊，多麼賞心悅目呀！它還結了幾個果子！」

那些果子像是草莓，但是顏色更深，紅得發紫，彷彿隨時會溢出汁來。這隻火光獸摘下果子準備扔進嘴裡，沈碧波一把搶走果子，說：「你是第一次見到這種果子，怎麼能隨便吃呢？」

「沒關係，仙路裡從來沒有長出過能毒死我們的果子。」這隻火光獸大大咧咧的說。

知宵、真真和沈碧波都不同意他試吃，他只好妥協，可是趁他們不注意，他便吃下一個果子，還故意發出很響的咀嚼聲，誇張的說：「真好吃！你們要不要嘗一嘗？」

三個人同時拒絕了，他們拉著他離開，很快來到一條特別寬敞的仙路，這裡到處長著奇怪且色彩斑斕的植物——多數是藤蔓植物，還有矮小的灌木。仙路中並沒有人間那樣的土壤，它們似乎都是憑空冒出來的。許多植物顏色黯淡，墨色、灰色與黑色的最多；有的色彩混雜，有著奇異的形狀，緩緩遊動，看上去彷彿海底的珊瑚。知宵以前也見過仙路中的植物，但還沒見過那麼多種。

這裡是火光獸的花園，平常他們很喜歡在這裡玩耍。這隻火光獸很快叫來同伴，他們擠成一團，知宵依然分不清楚誰是誰，只是問了一句：「擁有名字的那一位呢？」

「他還在仙路裡打滾兒，不願意停下來。如果這樣他會好受一些，就由他去吧。」一隻火光獸說罷，嘆了一口氣。

這些火光獸依然在為那隻擁有名字的火光獸傷心，這種傷心很容易就轉變成對雀耳的憤怒。可是他們又很害怕雀耳，誰也不敢跑去找雀耳抗議。而且，他們還擔心自己也會不得不接受一個名字……這些火光獸決定認真的清查仙路。

「天哪，你們怎麼能這樣呢？」真真說，「同伴遇到這麼可怕的事，你們竟然一聲不吭繼續幹活兒。哪怕你們不想抗議，至少也應該罷工示威呀！」

「不行！不行！」一隻火光獸說，「你不了解雀耳，她什麼事都做得出來！」

「我明白了，」沈碧波說，「你們雖然聲稱是一體的，名字沒有刻在你們的額頭上，你們也難受，但是並不像那隻火光獸那麼難受。你們有沒有想過，只因為這樣一件小事，那隻火光獸就被迫擁有了一個名字。明天或者後天，可能只是因為雀耳的心情不好，便又會有一個名字落在你們身上。如果你們一直逆來順受，很快的，大家都會有一個名字！」

「有道理！」一隻火光獸說，他或許就是剛才去找知宵他們的那隻。「雀耳剛來我們這裡時好像就說過，要讓我們都擁有各自的名字，要將我們區別開來。糟糕，她現在已經開始實施自己的邪惡計畫了！」

這幾句話如同投進水裡的一塊石頭，掀起的漣漪波及了所有火光獸，大家都變得惴惴不安。

「幸好及時發現，我們必須想辦法阻止她！」真真又說。

這句話得到所有火光獸的贊同，大家的興致越來越高，和剛才那畏畏縮縮的樣子截然不同。他們決定立刻去找雀耳算帳，於是領著三個人前行。不久，大家來到一條狹窄的仙路，路的盡頭有一扇綠色的小門。

門後面便是雀耳的家。她的家一半在仙路裡、另一半在仙境中。那些火光獸不敢上前，真真便跑過去敲了敲門。

大家靜靜等待門裡的回應。知宵看著這些火光獸，感受到了他們的不安——彷彿看到他們突然湧起的勇氣，正從他們的尾巴尖上溜走。

「別害怕，我們不會讓雀耳傷害你們的！」知宵忍不住說。這句話並沒有帶給他們多少安慰。

房門悄無聲息的打開，面無表情的雀耳出現在大家面前。她看看站在最前面的真真，又看看知宵和沈碧波，最後將目光落在那些火光獸身上。火光獸緊張極了，緊緊依靠著彼此，身體散發的光芒也黯淡了一些。

「有事嗎？」雀耳問道。

真真說：「不要怕，快把你們的想法告訴雀耳！」

沒想到，所有火光獸不約而同的搖了搖頭。

「我們不是說好了嗎？」

他們又搖搖頭，然後一齊往後退，退得遠遠的，好像一切與他們無關，他們只是受到三個孩子的脅迫。奇怪的是，有一隻火光獸沒有後退，反倒主動上前兩步，來到三個孩子身邊。知宵看了看腳邊的小火光獸，感覺他的毛色比其他火光獸更加鮮豔，雙眼也更加明亮。

「你準備告訴我什麼？」雀耳問主動上前的火光獸。那隻火光獸這才反應過來，他應該是感到害怕，趕緊退回同伴中間。

真真瞪了那隻火光獸一眼，對雀耳說：「我們希望你能拿走那個名字！還有，希望你對待火光獸友好一些，你太專制了！這樣做是不對的！」

「原來你是想來教我該怎麼工作？真是個大嗓門的小姑娘。非常抱歉，我可不想聽你的建議。」雀耳還是溫聲細語的，「你說完了嗎？之前我們見面時，你也嚷嚷著同樣的幾句話，沒有什麼新的點子嗎？」雀耳又看看沈碧波和知宵，問道：「你們呢？有什麼想要補充的嗎？」

「沒有。真真的話也代表我們的想法！」沈碧波說。

知宵想了想，鼓起勇氣補充道：「火光獸認為，是你讓仙路出了意外。」

「是嗎？」雀耳說，「這是非常合理的懷疑。請你轉告他們，不要只是『認為』，努力找出足夠的證據，我才會爽快的承認。」

「你真的是故意這樣做的嗎？」知宵又問。

「說不定是我喲！」

知宵望著雀耳的臉，不得不承認，她確實長得很可愛。不過她的臉上依然沒什麼表情，知宵無法判斷她的話是真是假。

「你們比他們勇敢多了，挺好的。不過，」雀耳這次終於認真看了看三個孩子的臉，「為什麼喜歡多管閒事呢？或許因為你們的老師分別是嘲風和螭吻？我和他們很少來往，沒有多深的情誼，他們倆卻不時的要來插手我的事，真討厭。你們更過分，與火光獸非親非故的，到底為何如此激動呢？這是不好的習慣。互相尊重，別輕易干涉別的妖怪的事，這是常識，請你們牢記在心中。」

和上次一樣，雀耳緩緩伸出左臂。知宵和沈碧波立即反應過來，朝旁邊閃開躲避。就在雀耳揮手時，真真突然伸出雙手，抓住了雀耳的胳膊。雀耳想要甩開她，但是真真的力氣很大，她的指甲掐進了雀耳的肉裡。雀耳皺起眉頭，用右手拍了拍真真的額頭。

「哎喲！」真真大叫一聲，接著，三個人再次騰空而起，在仙路裡快速飛行。這次他們沒有落在妖怪客棧那扇門的前面，而是一路飛出仙路，掉進樹林裡。

這裡是什麼地方？知宵站起身來四下張望，感覺異常陌生。這時，他聽到流水聲，轉過頭一看，透過藤蔓望見了江上那熟悉的大橋，他在生活了十二年的城市裡。他又轉身看到旁邊有一棵老梧桐樹，樹幹上畫了一隻籃球大小的墨綠色眼睛。這是仙路的標誌，當然，普通人類是看不到的。知宵還記得這個地方，一年多前，他和真真曾一起從這裡走進仙路裡，追蹤過山妖咕嚕嚕與嘩啦啦。

第四章

拒絕入內的仙路

真真的額頭紅通通的，可是她不覺得疼痛，只是頭暈乎乎的。知宵和沈碧波不太放心，扶起真真後準備離開樹林回客棧去。

「不行，我要回去拍雀耳一掌才甘心！」真真來到大樹前，伸手按住那隻大眼睛。若是往常，她的手應該會沒入眼睛裡，只要她繼續往前，整個身子就能進入仙路。可是，這次哪怕她使出了渾身力氣，依然沒效果。知宵和沈碧波也嘗試了一下，發現他們都沒辦法進入仙路。

「一定是雀耳堵住了這個入口，我們換其他入口試試吧！」真真說。

三個人回到客棧，打開通往仙路的那扇門。但是和剛才一樣，他們可以看到仙路，卻沒辦法走進去，有一股力量阻擋了他們。而且，他們使出的力氣越大，阻擋的力量也越強。

「雀耳拒絕我們進仙路了！」知宵有些難過的說。

「不可能所有入口都被她堵住了吧？」沈碧波說，「我們再找其他入口試一試。」

從古至今，這座城市一直是靈氣匯聚之地，許多對人類世界感興趣的妖怪都定居於此處，因此，通往這座城市的仙路也比別處更多。他們三個人早已熟悉每一條仙路的入口，但是，一次次嘗試，一次次被拒絕，不知不覺便到了下午。終於，他們不得不承認進不了仙路了！

他們實在不知道該怎麼辦，只好再次回到客棧，向茶來求助。茶來聽完，說：「我早就說過吧，不要招惹雀耳，你們當然鬥不過她。現在不能去仙路，對你們的影響也不大呀！正好可以全心全意複習功課，認認真真當一個普通人。」

「茶來，如果你遇到這種情況，你會善罷甘休嗎？」知宵問。

「為什麼不可以呢？多一事不如少一事。」茶來說。

茶來向來懶洋洋的，認為應該盡量少做事，因為，一旦採取了行動，就如同播下了一粒種子，種子裡會長出什麼麻煩，誰也說不準。如果有多餘的力氣，還不如用來睡覺。只是上次因為韋老師受傷，茶來特別活躍，讓知宵產生一種錯覺，認為他的個性改變了。事實上，韋老師的事情一結束，茶來就恢復原樣。或者說，為了彌補前些日子消耗的精力，他更懶散了。

他們三人不是茶來，當然不願意就此罷手。茶來問：「那你們想讓我怎麼做？跟霸下告狀嗎？」

「那倒不用。我討厭打小報告，我要自己解決。」真真說，「你有沒有其他辦法？」

「你們不如找小麻，他最了解雀耳。」

知宵和沈碧波都看向真真，真真嘆了一口氣，說：「我不知道該怎麼聯繫小麻，每次都是他主動來找我。」

「你們放心，我可以幫忙。」茶來的鬍鬚動了動。

仲介公司的辦公室裡有一個綠色的電話，透過它便能和仙境聯絡。茶來打電話到雀耳家聯絡小麻。小麻似乎很忙，第二天才能與他們見面。

隔天下午放學後，知宵、真真和沈碧波又結伴來到客棧。他們沒有發現小麻的身影，他一定故意藏起來了。小麻很擅長變形與隱身，天知道他會藏在什麼地方！三個人努力搜尋著客棧裡的異常之處。知宵的鼻子不如真真與沈碧波靈敏，幾乎聞不到妖怪的氣息，這對他來說更難了。可是，當他蹲下來想要瞧一瞧沙發底下時，突然有一種異樣的感覺。他的聽覺很敏銳，這時似乎聽見了小麻的喘息聲。知宵循著聲音抬起頭，看到小麻張開了血盆大口，從天花板上朝他撲來，像一隻真正的大老虎。

知宵來不及做出別的反應，伸手擋住自己的臉，但很快便感覺四周變得漆黑，他被小麻吞進肚子裡了。知宵感覺自己像是坐在水管中，身邊盡是嘩嘩的流水聲，還有水花濺落在他的臉上。那些水管彎彎曲曲、上上下下，就像雲霄飛車的軌道。知宵不停漂流，還哇哇大叫起來。

「我在哪裡？小麻的血管裡嗎？不會吧？我好像沒有聞到血腥味。」這樣的想法掠過知宵的腦海，但他沒有心思尋找答案。

等到終於重見光明，看到真真和沈碧波的臉時，知宵感覺他與朋友們已經分別了一個世紀。看到知宵臉色蒼白，真真和沈碧波關切的詢問他經歷了什麼。聽完知宵的一番描述後，他們倆笑了起來。

「小麻沒有吞掉你，你一直坐在地上哇哇亂叫。」真真說。

知宵這才發現，他的衣服和頭髮都很乾爽，臉上也沒有水珠。

「哈哈哈哈哈！」站在知宵正前方的小麻笑得在地上打滾兒。和前些天在仙路見面時一樣，小麻的個頭比一般的貓兒稍大一些。真真和沈碧波也在旁邊偷笑。

「真是的，為什麼每次倒楣的都是我！」知宵忿忿不平的說。他從地上爬起來，狠狠的瞪著小麻，腦子裡靈光一閃，一把抓住了小麻的尾巴。

小麻吃了一驚，凶巴巴的問：「你想幹什麼？」

「真真會和你成為朋友，不就是一把抓住了你的尾巴嗎？那時候你沒有掙脫她，對不對？我想，尾巴會不會是你的弱點呢？」知宵說。

「你分析得很有道理，可惜是錯的。」

說罷，小麻的尾巴突然變長，像一條靈敏的小蛇，很快將知宵攔腰纏起來，舉到半空中晃來晃去。知宵沒辦法保持平衡，嚇得哇哇大叫。因為剛剛經歷過相同的顛簸，他這次沒那麼慌亂了，還伸手拔下了小麻尾巴上的幾根毛。

小麻也「哎喲」叫了幾聲，粗魯的將知宵扔在沙發上，抱著自己的尾巴瞧了瞧，然後氣衝衝說：「這個孩子變壞了！」

知宵沒有說話，得意的看著小麻。

「好了，遊戲時間結束。」小麻突然變得嚴肅起來，「我現在的身分是雀耳的助手。昨天的事情，請你們不要介意。」

「你是代替雀耳來向我們道歉嗎？」真真收起笑容，故意冷冷的說，「道歉要本人親自來才有誠意！」

「我們還好，沒那麼小心眼。但是，雀耳那樣對待火光獸，你不覺得過分嗎？」沈碧波說。

「我覺得火光獸突然有了名字挺有意思的，或許確實有些過分……」

「為什麼是或許？」真真忍不住打斷小麻的話，「本來就非常過分！」

小麻看了看真真，說：「好吧，確實很過分，但是雀耳沒有惡意。這都是霸下留下的爛攤子，他將仙路交給雀耳管理，是因為他已經無可奈何——哪怕他威風凜凜，也拿那些火光獸沒辦法。雀耳不想和她父親一樣，充當那些火光獸的保姆，她希望他們成熟一些，對仙路負起責任。那些火光獸幼稚又淘氣，不對他們嚴格甚至凶一點，他們根本不會乖乖聽話。最近仙路又開始動盪不安，奇怪的草四處飛舞，他們根本不放在心上，所以雀耳才會強迫他們一個星期內清查完所有仙路。」

「飛舞的『章魚』到底是不是雀耳的陰謀呢？」知宵問道。

「雀耳對這種小把戲沒興趣。」小麻說，「不過，那些火光獸有這種想法倒是很正常。這幾年來無論遇到什麼不順心的事，他們首先都會歸咎於雀耳。」

想想火光獸的個性，知宵並不認為小麻在說謊。他悄悄看了看小麻，發覺小麻表情嚴肅，成熟又穩重，與往常截然不同。小麻到底是怎樣的妖怪呢？知宵不禁好奇起來。

「如果我是雀耳，應該也希望火光獸更加獨立、負責任。」真真說，「但是，她怎麼能強行給火光獸起名呢？太過分了。」

「還有，『章魚』一心一意只攻擊火光獸，火光獸也非常害怕他們，根本不是他們的對手。」沈碧波說。

「雀耳給那個小傢伙一個名字，應該有別的打算。現在他還在仙路裡打滾兒，看起來精力很旺盛，不用擔心。」小麻漫不經心的說，「那些火光獸並不如你們想像中那樣弱小，幾棵飛舞的雜草難不倒他們的。在清楚火光獸與仙路的事前，請不要擅自做出結論，瞎操心。」

「我們也想了解，但是，現在根本沒辦法進入仙路。」真真說，「我們也不是非進仙路不可，不過，想到雀耳這樣蠻橫的禁止我們進入，我就一肚子氣！哪怕她是霸下的女兒，我們只是法力低微的小孩，實力懸殊，我們還是必須抗爭！」

「我知道，你最無法忍受不公平。」小麻說，「那些火光獸終於開始認真清查仙路了。他們正經起來還是挺能幹的，應該很快就能完成任務。雀耳說了，到時候你們就能繼續在仙路中穿行。那些火光獸很沒有主見，你們應該感覺到了吧？只要你們插手，他們便會習慣性的依賴你們去解決問題。你們現在一定有許多不滿，但是，等他們完成任務後再說，好嗎？」

知宵、真真和沈碧波都希望那些火光獸獨立清查仙路，他們決定暫時忍住心中的不滿，接受小麻的提議。

「我想問問你的事。」真真一臉嚴肅的看著小麻，「以前我們見面時，你要麼變得像老虎那麼大，要麼像茶杯那麼小。現在才是你真實的大小，對嗎？」

「是的。」小麻說。

「這麼說，你從來沒向我展示真實面目囉？」真真又問。

「那天你抓住了我的尾巴，不知道為什麼，我突然感覺失去了力量，越變越小，越變越小，最後就和茶杯一樣大了。我以前只喜歡變得特別大，當時意外發現變成小小的也挺有意思，就以那樣的面目與你見面啦！」

「等一下！」知宵說，「小麻，如果你的弱點不是尾巴，為什麼被真真抓住時，你會渾身沒力氣呢？」

「我不知道。所以，我決定與真真成為朋友，弄個明白。」小麻說，「然而，這麼多年過去了，我一直沒找到原因。如今原因也不重要了，我很高興能夠認識真真。」

真真依然氣呼呼的說：「你不僅沒讓我看到你的真實模樣，也沒說過你的身分。我都不知道你經常待在仙路裡，也沒聽你說過雀耳！」

「真真，我們見面的次數並不多，尤其是這兩年。而且，每次見面你都有那麼多話要講，根本輪不到我說。我也不太喜歡講自己的事情，沒什麼意思。再說，雀耳不喜歡我經常提到她。這家客棧的房客，恐怕也都不清楚我和雀耳的關係吧？」小麻說，「我小時候跟在雀耳身邊，向她學習法術。雀耳喜歡獨來獨往，過了十幾年，我便離開她獨自生活。我喜歡結交人類，大部分時間都待在人類世界；雀耳不喜歡人類世界的吵鬧與氣味，一直生活在仙境中。我們平常很少見面，但是，她有事情找我的話，我會第一時間趕過去。最近仙路出現動盪，我才回到她身邊幫忙。先不和你們聊了，我得去人類的商場幫雀耳買點兒東西。」

小麻離開後，知宵、真真與沈碧波依然憂心忡忡，但決定暫且拋開仙路、火光獸與雀耳的事，認認真真當一個人類孩子。三天後，一個星期的期限滿了，小麻帶消息給真真：那些火光獸已經成功清查完仙路，完成了任務。於是，下午放學後，三個好朋友一起去金月樓，再次順利來到仙路中。以前他們只是把仙路當成通往仙境的道路，或是縮短兩地距離的工具，從未真正在意過它，這次的失而復得，讓他們覺得仙路比往常更加親切，知宵甚至想在仙路裡露營。

他們試著在仙路裡呼喚火光獸，不到十分鐘，五隻火光獸跑了過來，高興的向他們問好。

「我們找到一條快要消失的仙路，裡面有許多飛舞的『章魚』，那裡應該是它們的巢穴。雀耳清除了那條仙路，現在我們安全了。」一隻火光獸說。

「我還是感覺悶悶的。」知宵說。

「最近仙路不太穩定，需要一些時間才能完全恢復正常。別擔心，仙路時常動盪不安，這不過是其中一次，都是雀耳太過大驚小怪。」另一隻火光獸說。

「區區的『章魚』根本難不倒你們嘛！那為什麼還要讓知宵當保鏢？」沈碧

波問道。

「它們會用觸手纏住我們，讓我們喘不過氣來。我們只好咬斷那些觸手，可是它們的味道很糟糕，酸酸臭臭的。我們從來沒在仙路裡吃過這麼難吃的植物，這一定是雀耳的陰謀。知宵就不一樣了，輕鬆就能捏死它們，當然應該讓他來做這件事。」又一隻火光獸理直氣壯的說，「幸好我們很能幹，你們才能重新進入仙路。」

「你想讓我們向你們道謝嗎？」沈碧波問。

「不用說出來，請將感激好好保存在心裡，等到我們需要時，將它化成更實際的行動，源源不斷的展示出來。」一隻火光獸把兩隻前爪抱在胸前，尾巴晃來晃去的說。

「我們是因為你們才會進不了仙路。」真真故意逼近這隻火光獸，「那天你們為什麼突然退縮？」

這隻火光獸立即縮起身體，說：「那時我們被你們的花言巧語迷惑了，回過神來當然要逃跑。雀耳的體溫不低，她的心卻像萬年不化的冰川。她只要呼出一口氣，就能凍死我們。」

又有一隻火光獸擠到前面來，說：「我可沒有退縮，我還陪你們站了一會兒呢！」

知宵想起了那天唯一沒有立即後退的火光獸，便問道：「你為什麼和大家不一樣呢？因為反應比較慢嗎？」

「不清楚。那時候我的心裡突然充滿勇氣，但很快我就意識到自己太過愚蠢，才又趕緊退回去。」

沈碧波一直很喜歡植物，看過好多相關書籍。他說：「會不會是因為你吃了那種像草莓的果子？」

這隻火光獸摸著下巴，一本正經的思索起來，很快便點點頭，說：「你的想法可能是對的。我吃下果子後，它好像在我的身體裡滋滋作響，我還以為會拉肚子呢！」

「還有其他影響嗎？」沈碧波又問。

「沒有。」

「那它應該沒毒吧！我也想吃幾顆。」沈碧波說。

「對了，有了名字的那隻火光獸呢？」知宵問。

「他還在四處打滾兒，不用擔心他。」這隻火光獸漫不經心的回答。

「這樣才讓人擔心呢！」知宵說。「你們能帶我們去找他嗎？」

這群火光獸帶領三個孩子走在仙路裡，一邊尋找有了名字的火光獸，一邊尋找「草莓」。火光獸蹦蹦跳跳前行，似乎很快活。知宵也開心的想：「看來他們也是在乎仙路的，或者說，會因為做成一件事而產生成就感，那麼，雀耳強迫他們去做事的初衷確實是對的。」

這樣的好心情，在他見到打滾兒的火光獸時，便消失無蹤了。

第五章

名字與分離

有了名字的火光獸滾得很慢，彷彿一台快要耗盡能量的機器。走近後，知宵聽到那隻火光獸正「呼哧、呼哧」喘氣，似乎非常疲憊。他的毛本來是鮮亮的紅色，此刻也失去了光澤，像一件洗得褪色的外衣，亂糟糟的。幾隻火光獸伸出爪子抱住他，有了名字的火光獸這才停下來，但仍不停掙扎，說：「放開我，我要繼續打滾兒！」

知宵的心彷彿被揪住了，他問道：「你準備打滾兒到什麼時候呢？」

「到我耗盡了所有力氣為止，那時候我就會變成一盞金色的燈。」

「一盞金色的燈？」真真重複著。

「因為那個名字嗎？」沈碧波說。

「沒錯。」有了名字的火光獸不再掙扎，「我被孤伶伶拋下了，名字控制了我。等我變成一盞燈後，請你們幫我找一個合適的燈籠，讓我長住。」

「你現在一定很痛苦吧？」另一隻火光獸伸出爪子碰碰他的臉頰，「我們不太能夠感受到你。」

「我也不太能感受到你們，太可怕了，比凍傷更可怕。凍傷的時候，我感覺自己快要熄滅了，現在，我感覺心裡的火焰正要變成一粒葡萄。如果我是一粒葡萄，又怎樣才能變成一盞金色的燈呢？現在的我到底是什麼？」

有了名字的火光獸長長嘆了一口氣，耷拉著耳朵趴在地上，摟著自己的尾巴。其他火光獸緊挨著他，努力安慰他。

「我們也過得不好，一直擔心雀耳哪天又拿出一個名字。」一隻火光獸說著就快要哭出來了，「如果我提前知道誕生於仙路會遇到雀耳這樣的惡魔，我絕對不願意到來！」

「我準備趴到仙路上，一直不動，說不定慢慢就能重新成為仙路的一部分。」另一隻火光獸說。

這群火光獸心靈相通，很快都變得沮喪又難過，都不願意繼續當火光獸，開始在地上打滾兒。三個人忙著安撫他們，可是，無論說什麼也沒用，所以他們乾脆放棄，在一旁安靜等待。不久，除了有名字的那隻火光獸，其他火光獸又平靜下來，似乎暫時準備繼續作為火光獸活下去。

「光是抱怨有什麼用？你們應該反抗她！」真真說，「但是，你們根本不敢，甚至連大聲對雀耳說出心聲都害怕。」

這些火光獸鄭重的看著真真。一隻火光獸說：「我們感覺出來了，你們三個人非同一般。敢於正面對抗雀耳的，也就只有你們了！你們有什麼能讓我們擺脫雀耳的好主意嗎？」

說罷，他們又滿懷期待的看著知宵和沈碧波。從他們的眼神，知宵感受到了真誠與信賴，他不禁開始認真思考對策，但是毫無頭緒。山妖咕嚕嚕和嘩啦啦是知宵的手下，知宵至今不清楚該怎麼讓他們聽他的話，更別提與雀耳鬥智、鬥勇了。

「你們對雀耳有許多怨言，不是嗎？那有沒有對霸下說過呢？」真真問。

「沒有。如果被雀耳知道了，她就會把我們凍成冰！」一隻火光獸說。

「這是你們的猜測，還是她這樣威脅過你們？」真真繼續問。

這群火光獸互相看了看，然後有一隻火光獸又說：「是我們的猜測，但一定也是事實！」

「萬一是你們自己嚇唬自己呢？」真真說，「這就是雀耳的可怕之處，她將恐懼深深根植你們心中，讓你們什麼也不敢做。如果真要反抗她，你們第一步就是鼓起勇氣。既然不敢直接面對雀耳，那麼，不如將你們對雀耳的不滿全都寫下來，告訴霸下。如果霸下偏袒自己的女兒，我們就找螭吻主持公道！」

這群火光獸沒有說什麼，只是像往常一樣湊在一起，小聲、快速的說著什麼。很快的，他們商量結束，一隻火光獸說：「我們決定聽你的。」

這群火光獸不會寫字，透過他們口述，由字跡最工整的沈碧波將他們的話寫下來。他們認為這件事最好祕密進行，因此並沒有通知其他同伴。

一個多小時後，他們總算寫完一封長信。知宵安慰了有名字的火光獸幾句，其他火光獸也不想這個同伴繼續打滾兒，要帶他回家去休息。為了感謝三個人的幫助，他們決定繼續尋找像小草莓的仙路果子。

三個人暫時與這群火光獸道別，拿著信來到仲介公司的辦公室，希望茶來把信交給霸下。

「一封抱怨雀耳的信，對吧？」茶來說，「你們真的相信這些火光獸說的都是事實？」

「一定會有誇張的地方。」知宵說。

「有些地方聽起來非常不可信。」沈碧波說。

「他們與雀耳相處得非常不愉快，我們只是想讓霸下大人了解這件事！」真真說。

「霸下一定知道啊！他又不是傻瓜。」茶來說。

「因為雀耳是他的女兒，他就想偏袒她嗎？」真真說，「聽說霸下很愛面子，我們正式給他寫一封信，他總不好意思敷衍吧？」

「你們與火光獸非親非故，硬要摻和進去的話，要是遇到什麼麻煩事，你們準備承擔責任嗎？」茶來異常嚴肅的問。

知宵、真真和沈碧波一齊點點頭。

「那好吧！我會把信交給霸下。」茶來說。

接下來，大家只需要等待霸下的回覆。到了星期六上午，知宵接到仲介公司的電話，又有一隻火光獸在仙路裡等待知宵、真真與沈碧波。那隻火光獸非常虛弱，應該是金燈。知宵向媽媽說明理由後，便出門前往客棧。

剛剛來到樓下，他又返回家中，從抽屜裡拿出一個海螺——它和雞蛋一般大小，五彩斑斕，上面布滿波浪形狀的花紋。那是韋老師送給他的禮物，裡面裝著許多奇怪的聲音。

知宵拿著海螺再次走出家門，很快便來到客棧。從側門走進仙路中，知宵看到了趴在地上的火光獸金燈。他輕手輕腳的靠近，坐在地上，發現金燈散發的光芒更加暗淡，尾巴尖已經是灰撲撲的了。

「金燈，你還好嗎？你的尾巴怎麼了？」知宵輕聲問道。

「我現在不是火光獸了。」金燈氣息微弱的說。

「誰說的？」

「他們說的。他們說，我有了一個名字，不再是他們的同伴。我想努力說服他們，說著、說著就吵了起來，不小心還被弄傷了尾巴。」

「他們怎麼能這麼做呢？僅僅因為你有了一個名字嗎？不行，我們要去找他們！」

「哪怕找到他們也沒用。我的世界空蕩蕩的，我不再屬於大家，勉強與他們一起生活，只會讓我更加痛苦。可是，哪怕我的心正在變成葡萄，哪怕我的命運是成為一盞燈，我依然想要回到以前的生活。」金燈說。

「你別擔心，霸下很快就會回信。無論他的回覆怎樣，我們都會繼續想辦法與雀耳抗爭，你不會變成一盞燈的！」知宵拿出海螺放在金燈面前，說，「這個海螺裡裝了許多來自過去的聲音。我也說不清楚原因，每次聽到那些古老的聲音，我就會平靜下來。我把它借給你，你也聽聽看，希望你能感覺好一些。」

金燈伸出爪子抱住海螺，他並沒有心情聽海螺裡的聲響，只是將腦袋放在海螺上，彷彿把它當成了枕頭。知宵這時的體溫很正常，他伸手摸了摸金燈的腦袋，想要安慰他。

「你身上好涼！」知宵說。

「沒辦法，葡萄怎麼可能是熱的？」金燈說。

這時通往客棧的門打開了，真真與沈碧波走了過來。看到虛弱的金燈，又聽知宵講了金燈的遭遇，他們倆也非常難過。

真真從口袋裡掏出一條很短、很薄的明黃色綢帶，上面寫滿密密麻麻的咒語。她把帶子繫在金燈的一隻耳朵上，說：「這上面的咒語應該會讓你高興一些。」

沈碧波也給金燈帶了禮物。他從口袋裡掏出一大把糖果，那並非人間的食品，而是羽佑鄉的特產之一。他將糖果塞給金燈，說：「聽說你們喜歡吃甜食，對吧？等你吃完，我會給你更多。」

金燈將糖果塞進腋下，可能是藏進了毛裡，從外面完全看不出來。他輕聲說：「謝謝。但是我最想要的不是禮物，我想恢復正常。哪怕我真的做錯了，但那只是一個小錯誤，為什麼要受到這麼嚴重的懲罰呢？我打滾兒的時候一直想，或許是因為雀耳很討厭你們，才會特別生我的氣？請你們負起責任來，讓雀耳拿走我的名字。」

金燈說的話雖然不好聽，看他這麼可憐，誰又忍心反駁他、拋下他？想想前兩次見面，知宵可不認為他們能夠說服雀耳。他和真真、沈碧波商量了一下，決定這次不再對著雀耳大聲嚷嚷，而是誠心誠意的請求她，答應她提出的任何要求。

真真將金燈抱在懷裡，由金燈指路，他們沒花多少時間便來到雀耳的家門外。知宵上前去敲了敲門，等了許久也沒有回應。他們又敲了幾次門，依然毫無反應。

雀耳不在家嗎？他們只好在門外等待。半個小時過去了，真真有些不耐煩，說：「也許雀耳知道是我們，故意不開門。」

「雀耳的家一半在仙路，一半在仙境。問題是，在哪一片仙境呢？」知宵問。

「在高石沼。」金燈說。

「你知道在高石沼的什麼地方嗎？我們去高石沼找她吧！」

「我不知道，我從來沒去過她家。我們大家都沒去過，也不想去。」

當然，只要向茶來打聽，就能弄明白雀耳的家在何處。三個人商量了一下，或許雀耳真的不在家，就算去高石沼找她，也不用急著現在去，他們決定繼續等待。

又過了十幾分鐘，小麻便從遠處走來，高興的跟大家打招呼。聽大家講明來意後，小麻看看金燈的尾巴，又摸摸金燈的小腦袋，說：「他確實很虛弱，我帶你們去找雀耳吧！」

「雀耳在哪兒？」知宵問。

「她在檢查仙路。」

「仙路不是恢復正常了嗎？」沈碧波說。

「看起來好像是這樣，但是雀耳不太放心，一定要親自檢查一遍。」

雀耳正在一條長滿植物的仙路中檢查。她蹲在地上，正在拔掉一叢長得像蘆薈的草，那棵草散發出一股腐肉的臭氣。

雀耳扭頭看了看火光獸，說：「我一直提醒你們要定期清理雜草，為什麼總是讓我失望？哪些是雜草、哪些是無害的植物，你們都清楚，不是嗎？最近這種草肆意生長，如果我沒記錯，兩年前它們也曾瘋狂生長過一段時間。它們會釋放可怕的臭氣，必須第一時間清除。你們沒有注意到這些草再次出現了嗎？你們到底在忙些什麼，連這樣的小事也做不好？」

「我們最近在清查仙路，沒有時間。」一隻火光獸說。他似乎很緊張，緊緊抓住了真真的手臂。

「清查仙路時，看到雜草就順便清除，並不需要花很多精力。」雀耳站起身來，撥開黏在臉頰上的髮絲，看了看真真、知宵與沈碧波，說：「你們怎麼又來了？又想朝我嚷嚷什麼？難道沒有別的事可做嗎？」

「這隻火光獸非常虛弱，希望你能拿走他的名字。」知宵上前一步說。

雀耳的目光再一次轉向金燈，說：「如果你感覺很不好受，為什麼不自己告訴我呢？為什麼一定要讓這個孩子替你說？」

「你不是成功的讓所有火光獸害怕你嗎？他當然不敢說。」真真忍不住說。

沈碧波瞪了真真一眼，對雀耳說：「請問，我們要做些什麼，才能讓你拿走這隻火光獸的名字呢？」

「你們什麼也不用做，這並不是給你們的懲罰。」說著，雀耳的目光再次轉向金燈，說：「這次處罰將會持續一個月，一天也不能少。請你自己想辦法與那個名字友好相處，不要中途死掉。」

「也不用這麼嚴格吧？雀耳。」小麻說，「你能不能讓這隻火光獸幫忙做些什麼，減少他受罰的時間？」

「他能做什麼呢？他願意做什麼？」雀耳問。

知宵感覺雀耳準備讓步，小聲對金燈說：「快說你願意！」

「如果她找出特別可怕的事來為難我，那該怎麼辦？」金燈有些猶豫。

「對你來說，還有很多比擁有一個名字更可怕的事嗎？」知宵問。

「我暫時一件也想不到，只是暫時。」

「那你暫時先答應下來吧！」

金燈轉頭看著知宵，彷彿想從他的身上得到勇氣。知宵便模仿真真那信心滿滿的樣子，認真的望著金燈。金燈嘆了一口氣，怯生生的對雀耳說：「我願意。」

雀耳笑了笑，說：「上次我去探望母親時，遺落了一顆珠子，請你幫忙將它拿回來。你知道我母親住在哪裡，對吧？或許你不知道該怎麼去那兒，我可以給你一隻小蜜蜂引路。金燈，你願意去嗎？」

聽到自己的名字，金燈打了一個冷顫，然後使勁搖了搖頭，說：「你的母親住在高石沼的深山裡，在仙路之外。太可怕了！不行，不行，我沒辦法在仙路外長久活動，會喘不過氣來，在這個名字將我折磨得奄奄一息前，我就會熄滅！我不去！」

「真遺憾。如果順利完成任務，我可以讓你少受十五天懲罰。」雀耳說。

「金燈，你就答應吧！外面沒那麼可怕。」小麻在旁邊說。聽他的語氣，看他的表情，他好像並不是真心鼓勵金燈，只是想湊熱鬧。知宵忍不住瞪了小麻一眼。

金燈連連拒絕，從真真懷裡跳起來，轉身準備逃跑。知宵抓住金燈的尾巴，對雀耳說：「我可以陪金燈一起去嗎？」

「不行。好了，我還要工作，這件事暫時告一段落，請不要再來煩我了，行嗎？」

雀耳繼續清理雜草，知宵不知道該怎麼辦，只得鬆開金燈的尾巴。金燈小心翼翼的朝遠處走了幾步，很快又折回來；他想了想，再次離開，然後又走回來。知宵不禁想到前不久結識的妖怪阿觀，他一直住在井裡，不喜歡太過空曠、明亮的地方，不敢在地面世界待太長時間。為了讓他習慣地面環境，韋老師竟然讓他在公園裡罰站。

眼下雀耳的做法與韋老師的做法相差無幾。知宵無法接受這樣的做法，對金燈說：「算了，我們去找蠣吻先生，他一定有辦法！」

「沒錯，蠣吻應該能破解我的法術。我早已看他不順眼，或許可以趁這個機會和他大鬧一場，斷絕來往，今後就輕鬆多了。」雀耳狡黠的說，「這確實是更好的解決問題的辦法，你們快去吧！」

金燈本來還有些猶疑，聽了雀耳的話便對知宵說：「我們去找蠣吻大人吧！」

金燈剛走兩步，真真又攔住了他，說：「你真的不會覺得不服氣嗎？我看著就生氣。我問你，你們到仙路之外待得太久，心裡的火焰真的會熄滅嗎？」

「倒也不至於，但是會很難受，我寧願熄滅！」

「既然沒有生命危險，那你就答應吧！讓雀耳看看你的勇氣。」

「你們不是對她有很多怨言嗎？如果永遠不鼓起勇氣來與她抗爭，就只能永遠受欺負！」

金燈又有些被真真的話打動，再次變得猶豫不決，說：「你們能不能得出一致的答案？現在我該怎麼辦？」

「我們有自己的想法，也不必像你們一樣一定要達成一致。」沈碧波說，「請你自己做出決定。」

金燈又開始踱來踱去。雀耳繼續清理著雜草，她摘下幾顆藍瑩瑩的果子，對三個孩子說：「想嘗嘗嗎？」

突如其來的友善令知宵非常迷茫。他一直是個溫和、有禮的孩子，想了想還是接過果子，向雀耳道謝。沈碧波也採取了同樣的行動，只有真真不願意接受。雀耳也不勉強她，將剩下的果子扔進小麻的嘴裡。

小麻吃得津津有味，快樂的搖著尾巴，看來這些果子非常好吃。真真拉過沈碧波與知宵，在他們耳邊小聲說：「也可能是可怕的果子，小麻故意做出很好吃的樣子！」

「小麻不是你的好朋友嗎？不用把他想得這麼狡猾吧？」知宵說。

「我沒辦法信任他，」真真說，「我根本不了解他。唯一能確定的是，他是雀耳那邊的。」

那些果子散發出詭異的藍色光芒，看起來不怎麼好吃，不過，仙路中的植物本來就千奇百怪。知宵還在猶豫時，沈碧波便吃掉了果子，於是他也將果子放進嘴裡。

果子甜蜜、多汁。汁液彷彿活潑、頑皮的小精靈，在知宵的身體裡橫衝直撞，他覺得自己好像一隻裝滿蜜糖的罐子。

這時候，雀耳終於清理乾淨所有雜草。它們橫七豎八的躺在仙路裡，慢慢枯萎、縮小，有的竟然消失了半截，沒有留下任何痕跡，就像那些被知宵捏死的「章魚」。雀耳站起身來，不看大家也不說話，準備離開。

金燈看著雀耳的背影，有些著急。他用爪子使勁拍拍自己的臉，終於下定了決心，跑到雀耳面前，大聲說：「雀耳，我願意去找你的母親！」

第六章

和事佬

金燈遲遲無法鼓起勇氣走出仙路。知宵、真真和沈碧波絞盡腦汁，說完了所有幫他加油的話，依然毫無作用。

「我真的不敢，我的腿不受控制，你們乾脆把我扔出去吧！」金燈說。

三個人決定照做。真真抱起金燈，使出渾身力氣，將他扔到仙路之外。金燈那痛苦的叫聲不斷鑽進耳朵裡，他們三人掉頭就跑，直到再也聽不見聲音時才停下來。這時，知宵忍不住想像金燈在仙境中痛苦打滾兒的情景，他的心像是被一隻無形的大手捏住，隨時可能碎裂。等他察覺時，眼淚已經滾落出來。

真真見狀，一把拉住知宵的手，說：「別難過了，知宵。我們去仲介公司找茶來，問問雀耳母親的事！」

雀耳的母親是花妖，她的本體是一株紫薇，生長在高石沼的大山深處。她與雀耳一樣是人形的精靈，長相相似，頭髮顏色也一樣。雀耳年紀還小時，她的父母便分開了。她一直跟隨母親生活，與母親關係親密。那時的霸下忙著做別的什麼事情，很少露面。等到他想起來要做一個盡責的父親時，雀耳已經長大了。正因如此，雀耳與霸下關係疏遠，與他的兄弟姊妹也很少來往。後來，雖然霸下盡力想彌補那些年的缺憾，但無論他做什麼，雀耳都愛理不理。

「雀耳的母親是脆弱的花妖，她繼承了母親的血統，從小身體不好。但她也繼承了父親的強大力量，這樣一來更糟糕，身體不時的就會出問題。」茶來說。

「她和我很像。」知宵說，「我也常常擔心自己變成雪人。」

「確實如此，但她面臨的問題更棘手，畢竟她的父親是霸下。據我觀察，霸下比他的兄弟姊妹更強大。霸下也非常擔心女兒，但雀耳不願意接受他的好意，他只能默默守護著她，不讓她發現，跟做賊似的。」茶來又說，「火光獸控訴雀耳的那封信，恐怕不會有什麼用處。這些年來霸下整天小心翼翼，花了許多工夫才與雀耳稍微親近一些。他根本不可能跳出來阻止，他會害怕雀耳再也不理他。」

「我可沒感覺出來她很虛弱。」真真說，「那天她都快把我的頭蓋骨拍碎了！」

「她怎麼可能輕易展現出來呢？」茶來說，「雀耳很喜歡仙路，所以她的家一半在仙路、一半在仙境。她會答應霸下管理仙路，忍受那些火光獸的尖叫，應該也是出於她對仙路的愛。我相信雀耳真的很關心那些仙路與火光獸，你們又何必瞎操心？」

「小麻也這樣說，但是我無法相信，也感覺不出來。」真真說，「雀耳根本沒有把那些火光獸當成與她平等存在的妖怪！」

「霸下管理仙路好像已經超過一千年，結果將那些火光獸嬌慣成如今的模樣。雀耳多少想要做得更好，與她父親爭個高下吧！」茶來又說。

雀耳的母親住在高石沼深處，如果一路順利，金燈應該能在二十四小時內返回。到了第二天傍晚，金燈杳無音信。他迷路了嗎？還是太難受、暈過去了？或者被仙境裡的妖怪、精靈迷惑了？三個人憂心忡忡，想去高石沼尋找金燈。茶來建議他們最好再耐心等待幾天，給金燈更多信任。

到了星期六，霸下終於給出回覆。如同茶來所說，霸下不認為金燈在說謊，他知道雀耳非常嚴厲，但是相信她有自己的打算。

「霸下暫時不準備免去雀耳的職務。他也知道，冷冰冰的雀耳可能沒有將心意準確傳達給火光獸。他希望我們想想辦法，讓雙方冰釋前嫌，融洽相處。真是的，每次都將這種棘手的工作推給我！」星期天早晨茶來打電話給知宵時，忍不住抱怨道。

「我們仲介公司接到最多的工作，不就是當和事佬嗎？」知宵說，「別氣餒，茶來。你經驗豐富，一定沒問題！」

「這件麻煩事是你們招惹的，我才不管，你們三個人想辦法解決！真真已經答應下來了。先不和你聊了，我還要給波波打電話呢！」說完，茶來掛斷了電話。

知宵倒也不排斥接這樣的任務，不過，到底應該怎麼做呢？他毫無頭緒，便決定暫且不去細想，先到客棧與他的朋友碰頭。

三個好朋友在仲介公司的辦公室裡會合後，真真便開始抱怨雀耳與霸下。沈碧波忍不住說：「前天晚上我聽母親說過雀耳的事，她並不像外表那樣冷漠、可怕。還有，那些火光獸一直在埋怨雀耳，但是他們講的那些事情，多數不是雀耳主動找他們的麻煩，而是他們先做了什麼惹得雀耳不高興的事。火光獸的名聲一直不太好，經常捉弄其他妖怪。我們只是聽了他們的說法，還沒聽雀耳的想法。這不是一個好機會嗎？讓雙方可以坦誠相待。」

「我們真的能幫上忙嗎？我從來都不擅長當和事佬！這明明是霸下的責任，為什麼推給我們？還有……」真真看了看沈碧波，「你為什麼要幫雀耳說好話？難道是很久以前被火光獸捉弄，現在還在生氣？」

「我都說過了，我沒有！」沈碧波提高了聲音說，「我沒那麼小心眼！」

知宵感覺得出來，此刻沈碧波又有些生氣了，就偷偷笑起來。這個小動作被沈碧波發現了，於是他收穫了一個漂亮的白眼。知宵趕緊收起笑容，對茶來說：「我們應該怎麼做才好呢？」

「我說了，這件事情我不管。你們認為怎麼做最好？」

「以前我們遇到這種委託，都會選擇先讓雙方坐下來好好談一談。要不要讓那些火光獸與雀耳開個會呢？」知宵說。

「多半沒什麼用，但還是先試試看吧！」茶來說。

真真對此事並不是非常積極，但是知宵和沈碧波興致勃勃，所以她還是選擇與大家一起行動。三個人又來到仙路裡，呼喚來火光獸，說起霸下的回覆與仲介公司的決定。那些火光獸抱怨紛紛，聲音與往常一樣尖細又高亢，將他們的耳朵又折磨了一番。那些火光獸和真真一樣，再也不想繼續與雀耳相處。知宵三番兩次安撫他們，總算讓他們安靜下來。

「還是先與雀耳見一面，好好聊一聊吧！這一次請大家認真的將心裡話講出來，如果雀耳不願意聽，那我們就有正當的理由再次讓霸下免去雀耳的職務，不是嗎？」知宵說。

那些火光獸全都不願意。知宵擔心，就算強迫他們同意，一見到雀耳，他們還是會像上次一樣逃之夭夭。真真本來一直懶懶的站在旁邊，可是她實在不喜歡那些火光獸怯懦的模樣，又相信自己比知宵擁有更出眾的口才，於是也上前來勸說他們。然而，兩個人說得越起勁，那些火光獸的態度越堅決。

知宵一直忙著勸說火光獸時，眼角的餘光瞥見沈碧波走進花園，正在觀察那些植物。他忍不住想：「沈碧波到底怎麼回事？哪怕真的非常喜歡植物，也不應該現在去觀察它們呀！」

很快的，沈碧波又折回來，拉著真真和知宵到一旁去。他攤開手掌，露出三顆像草莓的果子。

「我在這花園裡找到的。」沈碧波說，「之前一隻火光獸說，這種果子讓他有了勇氣。不如讓這些火光獸先吃下這種果子，說不定他們就會有膽量了。」

「好主意！」知宵說。

沈碧波將想法講了出來，那些火光獸很喜歡嘗試仙路中新出現的果子，便爽快答應了。他們四散開去尋找，不一會兒便在一條非常窄小的仙路中找到一大叢。每一隻火光獸都擠了過去，大吃特吃。知宵、真真和沈碧波也吃了幾顆果子，耐心等待勇氣的湧現。

那些火光獸很快吃完了身邊的所有果實，他們還不滿足，想要尋找更多。三個人攔住了他們，試著問他們要不要與雀耳面談，這次，他們爽快的答應了。

「真棒！」知宵忍不住感嘆道，「一定是仙路也想暗中幫忙！」

「我可不敢抱太大希望，可能根本沒什麼用處。」真真說，「不過，這確實比剛才好多了。」

「奇怪?我們好像沒什麼變化。」沈碧波說,「再等等看吧!」

在一隻火光獸的帶領下,知宵、真真和沈碧波又去拜訪雀耳,說出他們的想法,也得到了雀耳的贊同。

知宵一行和雀耳回到火光獸的花園裡。園中沒有椅子與桌子,大家便席地而坐。這些火光獸與雀耳面對面,三個人和小麻分別坐在他們兩側。

他們坐在一片藏青色的草坪上。那些草葉很光滑,寬寬的,似乎還有些溫暖,彷彿地毯。那些火光獸擠成一團,彼此的距離也比往常更近,好多火光獸疊坐在同伴身上。知宵感覺他們的毛色更加鮮豔奪目,雙眼也更加明亮了。

知宵悄悄看了看雀耳,發現她也饒有興致的望著這些火光獸,嘴角還帶著一絲笑意。知宵忍不住想:「難道雀耳也發現了嗎?還是說,她又想出了新點子捉弄這些可憐的小傢伙?」

「我們應該談什麼?」雀耳突然轉頭問知宵,嚇得他趕緊收回目光。

「談彼此的想法,把誤會解釋清楚。」知宵有些不確定的說,「大家想到什麼就說什麼吧!」

這些疊成一堆的火光獸又開始竊竊私語,似乎已經融合在一起。此時此刻,知宵感覺這些火光獸像是一個發光的紅色罐子,裡面裝滿聲音。他們討論了好久,依然沒得出明確的結果，知宵有些失望——那些果子或許給了火光獸勇氣，但並不足以讓他們與雀耳對抗。

這時雀耳有些不耐煩，開口說：「我到這裡來，並不是因為我父親，而是正好有些話想和你們說。他已經將仙路的管理權交給了我，不該繼續插手。我檢查完所有仙路後發現，仙路的數量太多了。早些年我就對你們說過，不要開鑿過多仙路。如我所料，你們沒將我的話放在心上，反而為了和我唱反調，開鑿了更多仙路。我一直睜一隻眼、閉一隻眼，現在卻不能再任由你們胡來了。我調查過，仙路還沒有完全恢復正常，最近兩百年來，仙路出現動盪的頻率越來越高，一定是因為數量太多了。所以，我決定清除那些不穩定與太過窄小的仙路。還有，今後沒有我的允許，不准繼續開鑿仙路。誰違背我的命令，我就把名字送給誰。」

雀耳的聲音輕柔、平靜，卻引發軒然大波，那些疊成一團的火光獸迅速分散開，嘰嘰喳喳說個不停。這一次比剛才更吵，知宵不由得堵住了耳朵。雀耳皺起眉頭說：「有什麼想法就講出來，不要自言自語！」

那些火光獸頓時鴉雀無聲，全都望著雀耳。過了好一會兒，一隻火光獸說：「開鑿仙路是我們的愛好，你不能禁止！那些『章魚』都是你搗的鬼，你想以此為藉口封閉仙路，對不對？」

那些火光獸再度變得激動起來。知宵、真真和沈碧波不想和談破裂，試圖安撫他們，他們根本不聽，又迅速聚集成一團，變成一個長有十幾條腿、形狀奇異的大怪獸。

這是怎麼回事？知宵既驚訝又好奇，想要上前看個清楚。大怪獸突然撲向雀耳，知宵擔心自己被撞傷，趕緊躲閃，沒想到一腳踩進灌木叢，被一些植物滑膩的莖死死纏住。他花了一些工夫擺脫植物的糾纏後，看到大怪獸嘴裡噴出一團火焰。

雀耳側身躲開，輕輕躍起，伸手按在大怪獸的額頭上。她的動作似乎很輕，沒有發出任何聲響。等到她的手離開大怪獸，那些火光獸也四散開去，重新化成一團團紅色的肉球，四腳朝天的躺在地上哇哇大叫。

「好冷，好冷，我要熄滅了！」一隻火光獸嚷嚷道。

雀耳冷笑一聲，說：「你們竟然會合體攻擊我！事情變得有趣起來了。不過，我只是凍傷你們當中的一個就讓你們潰散了，回去練習一百年後再來向我挑戰吧！」

「我們不會放棄的，哪天我們要是打敗了你，你必須離開仙路！」又一隻火光獸說。其他火光獸紛紛附和。

「好啊！一言為定。」雀耳爽快答應了，「但是，在你們打敗我之前，我還是仙路的管理者。從今天開始，我會大規模削減仙路的數量。如果你們在意應該保留哪些仙路、清理哪些仙路，明天，請跟隨我一起工作。」

雀耳四下看了看，拔起身邊一棵長得像蘆薈的草，它還很小，似乎剛長出來不久。雀耳的眉頭皺了起來，嫌惡的盯著那棵草。

「最近這種雜草瘋狂生長，請你們將這種草統統拔掉！」

那些火光獸依然非常興奮，哇哇亂叫，誰也不理會雀耳。雀耳再也無法忍受花園裡的嘈雜，轉身揚長而去。知宵這才發現，雀耳有一縷頭髮被燒焦了。

「你們真棒，成功燒掉了雀耳的一縷頭髮！」真真興奮的說。

那些火光獸聽到讚美的話，高興極了，得意的搖尾巴，互相擁抱或是蹭一蹭臉頰。小麻沒有跟隨雀耳離去，一直在旁邊觀察那些火光獸，說：「不對，火光獸只是皮毛會發光呀！他們老是說自己心頭有一團火，我以為只是一種形容詞，沒想到他們竟然真的能噴出火來！他們合體成那團奇怪的東西到底是什麼？」

「我們一直強壯又英勇，只是你和雀耳沒發現！」一隻火光獸說，「小麻，你是雀耳的跟班，還是快回到她身邊去吧！」

「沒錯！」真真忍不住幫腔，還得意的瞪了小麻一眼。

小麻看了看真真、知宵和沈碧波，說：「一定是你們在搗鬼，對吧？」

「我們不會告訴你的！」真真說。

「沒想到最後會變成這樣！」知宵還處在驚訝中，「一個決鬥的約定稀里糊塗就達成了！」

「是啊！在仲介公司的辦公室裡，我完全沒想過這種可能性！」沈碧波說，「雀耳為什麼會答應呢？她看起來好像也沒生氣。」

「管她呢！現在一切都變得更好玩了。」真真興致勃勃的說。

第七章

萌芽的決心

仙路中的大部分植物是無害的，靜悄悄的生長，靜悄悄的消失。植物的種類很多，變幻無窮，像火光獸一樣隨心所欲，常常改變自己的外表，要給它們一一命名非常困難。況且這些火光獸討厭名字，連自己都沒有名字，更別提給這裡的植物命名了。

這些火光獸異常興奮，並不想幹活兒。原來，這種雜草除了太臭，沒有其他危害。

「只有雀耳才受不了它們，那她為什麼不自己清理呢？」一隻火光獸說。

「太臭不行，太香不行，太吵也不行，她最愛斤斤計較！」另一隻火光獸說。

「聽說，雀耳的身體非常脆弱。」知宵說。

「哼，脆弱只是藉口。反正她不能為所欲為！」又有一隻火光獸說。

哪怕抱怨紛紛，在小麻的再三催促下，這些火光獸還是開始幹活兒了。他們分散到仙路各處，只有少部分留在花園裡。

沈碧波對花園裡的植物很感興趣，要留下來研究一番，知宵和真真便決定陪著他，同時幫忙清理雜草。知宵的身體沒有任何變化，看來仙路裡的神奇果子只願意給火光獸勇氣。

突然，知宵腦子裡產生了一個古怪的想法，他覺得，仙路是一個形狀奇特的大妖怪，這些並不是植物，而是妖怪背上的毛。

「那麼火光獸是什麼呢？難道是仙路妖怪身上的跳蚤嗎？」知宵想著，忍不住笑了起來。

這時沈碧波來到知宵身邊，小聲說：「那些果子給了火光獸勇氣，最終才會出現這樣的結果。這是我的提議，我有很大的責任。」

「你別自責，雀耳也說她根本不準備與火光獸好好談話。哪怕沒有那些果子，我們的任務也註定會失敗。」知宵說，「那些果子還讓這些火光獸成功合體，你的提議讓他們發現了自己的新能力，你應該感到高興。」

沈碧波點點頭，又說：「沒錯。而且情況變得簡單多了，只要這些火光獸打敗雀耳就行了。」

知宵卻有些不確定，說：「這樣真的能夠解決問題嗎？」

這時，知宵身邊的一隻火光獸突然倒在地上，嚷嚷著沒力氣了，再也不肯爬起來。其他火光獸受到感染，也紛紛開始抱怨。他們決定回家休息。

知宵問小麻：「火光獸住在什麼地方？」

「一條很隱蔽的仙路裡，我知道在哪裡，但從來沒被邀請進屋。他們看起來沒心沒肺，倒是很重視保護隱私。」

「火光獸才不是這樣，小麻，你不要亂講！」知宵糾正道，「不過，我有點兒好奇他們家會是什麼樣子。」

真真笑了起來，從背包裡拿出一張寫滿符咒的紙條，小聲念著什麼。很快的紙條化成一隻小小的蝴蝶，悄無聲息的飛舞在這些火光獸後面。火光獸的數量很多，但他們大大咧咧，完全沒注意到。

「你幹什麼？」知宵小聲問道。

「跟蹤他們，看看他們的家到底在哪裡，然後去瞧一瞧。」真真說。

知宵和沈碧波非常感興趣，也想知道結果。小麻在旁邊說：「你們也別把這些火光獸當成傻瓜，他們會發現的。」

幾分鐘後，這些火光獸哇哇大叫跑回來，很快便擠滿了花園，看樣子應該是全員到齊。他們果然發現了！知宵想：「火光獸一定非常討厭別人去他們家，才會這麼勞師動眾。」

「糟糕，糟糕，我們剛才好像答應了雀耳一件很可怕的事！」一隻火光獸說。哦，原來與紙蝴蝶無關。

「你們要打敗她，將她趕出仙路。」真真說。

「我們剛才瘋了嗎？我們還燒焦了雀耳的頭髮，對不對？完了，她一定馬上會拿來一堆名字，刻在我們腦門上！」

這些火光獸急得團團轉，因為太過擁擠，常常互相撞倒，看來，果子給他們的勇氣都消失了。

「雀耳已經答應這個約定，我相信她會遵守。大家不要害怕，一心一意想辦法打敗她吧！」真真大聲說。

「我們怎麼可能打敗她？這種事還是你們去做比較好！」又有一隻火光獸說。

「那你們為什麼要答應呢？」小麻說，「你們平常那麼害怕雀耳，不敢大聲說一句反駁她的話，剛才看到你們的表現，我還為你們高興呢！」

所有火光獸都沉默不語，不願意透露他們的祕密。小麻又說：「其實我多少猜到了，你們又吃了仙路裡的某種果子，對不對？」

「這樣不行嗎？」真真問道。

「果然是某種果子嗎？當然沒問題。火光獸遍尋不到的勇氣，沒想到都藏在果子裡，甚至還讓他們合體了。現在果子失去效用了，對吧？哈哈！要是雀耳知道今天的小插曲，一定也會覺得非常有趣！」

說完，小麻準備離去，真真叫住了他，說：「你先別對雀耳說。這種果子一定是仙路的恩賜，仙路也想幫助火光獸，畢竟火光獸是仙路的孩子。」

「好吧！我答應你。其實，雀耳就算知道了也不會怎樣，她似乎很喜歡他們今天的表現。」小麻將目光轉向火光獸，說：「你們害怕什麼呢？今後只要你們經常尋到這種果子，吃掉它們，就能再次充滿勇氣！」

這些火光獸認真想了想，心頭的憂慮消失無蹤。他們四散開去尋找更多的果子，等到再次聚集在花園時，他們又像剛剛一樣勇敢，渾身閃閃發光。

「好了，我們快去打敗雀耳吧！」一隻火光獸高呼。其他火光獸紛紛贊同。

「等一下，你們剛被雀耳打敗耶！」知宵說。

所有火光獸都信心滿滿，認為這次一定能成功。他們興沖沖的朝花園外走去，小麻跑到他們前頭擋住了路。

「雀耳最近很辛苦，在你們跑去麻煩她之前，不如先由我來檢驗一下你們的實力。反正我的本領都是雀耳傳授的。」

小麻使勁甩了甩尾巴，風呼呼的吹起來，鑽進他的毛裡。這些有了勇氣的火光獸非常好鬥，迅速疊成一團。這一次知宵看得很清楚，他們合體時，會將尾巴緊緊纏繞在一起。

火光獸合體後的形狀不再那麼怪異，像是一條獵犬，但依然有八條腿，姑且稱其為「大獵犬」。「大獵犬」撲向小麻，伸出一條腿想要摁住他。小麻後退幾步躲開，敏捷的躍向空中，跳到「大獵犬」的背上後，再一次彈起，飛向不遠處的草叢。「大獵犬」的尾巴突然變得細又長，纏住了半空中的小麻，將他拖回地面。

尾巴越纏越緊，小麻馬上縮小身體逃跑了。然後他轉過身，張大嘴巴，一口咬住了「大獵犬」的尾巴。

「哎喲喲！」

知宵聽到尾巴處傳來一隻火光獸的叫聲。這聲音似乎有傳染性，一路前行，「哎喲、哎喲」的聲音不斷響起。「大獵犬」突然不清楚該怎麼指揮自己的八條腿，僵立在原地，許多小火光獸從「大獵犬」背上跳下來。小麻跑到「大獵犬」面前，深吸了一口氣，再「哇」的一聲吐出來，就將這些火光獸一個個吹散了。

這些又一次慘敗的火光獸不住大叫，在地上打滾兒。小麻得意極了，他的笑聲在空中迴盪，聽起來比火光獸的聲音更加刺耳。知宵看著滿園的火光獸，說：「他們很勇敢，但是很笨拙，根本不可能打敗雀耳！」

「光有勇氣根本不夠，你們還是早點向雀耳道歉，好好聽她的話吧！」小麻說。

「不行！」所有火光獸異口同聲的說。

「你們到底想要什麼呢？」小麻認真的問道，「趕走雀耳後，你們希望誰來幫你們管理仙路、調解糾紛？希望霸下大人回來嗎？你們和他也相處得不太好吧！」

「霸下比雀耳好多了！」一隻火光獸說。

「雖然我們也不太喜歡他。」另一隻火光獸補充道。

「不過，要想找到一個百分之百完美的管理者，實在太難啦！」又一隻火光獸說。

大家紛紛贊同這一觀點，看他們的樣子，似乎是準備趕走雀耳後，勉強重新接納霸下。知宵聽了，心想：「霸下若知道火光獸對他不滿，不知道會說些什麼呢？」

「等一下！」真真大聲說，「你們為什麼一定要找誰來幫忙管理仙路呢？仙路會讓你們誕生，一定是想讓你們承擔起這份責任！」

「沒錯。仙路裡好像也沒有特別多的事情吧？你們完全可以獨立解決。況且，很多麻煩都是你們自己惹出來的。」沈碧波補充道。

「你們可以做好仙路的主人，相信自己！」知宵也說。

所有火光獸都面露難色，最後，有一隻火光獸說：「不行，責任太大了，好可怕。有那麼多仙路呢！有時還會長出一些奇怪的植物。而且，我們不太喜歡與從外面來的妖怪、精靈打交道，這些麻煩事還是交給霸下來處理吧！」

真真可不願意放棄，於是再三勸說他們，這些火光獸則越發堅定他們的想法。

小麻哈哈大笑起來，說：「先別考慮這麼長遠的事，雀耳現在還是仙路的管理者呢！你們還是想想怎樣才能打敗她、將她趕走吧！」

所有火光獸都將目光齊刷刷的轉向知宵、真真和沈碧波。三個人互相看了看，最後知宵問道：「讓我們來想辦法嗎？」

所有火光獸都點點頭，其中一隻火光獸說：「你們絕對沒問題的！」

小麻忍不住笑了起來，說：「沒錯，既然你們選擇幫助這些火光獸，就要堅持到底。」

「小麻，你能不能透露一些雀耳的弱點？」真真笑咪咪的問。

「當然不行。」小麻想也沒想便拒絕了。

真真立刻收起笑容，雙手抱在胸前，說：「小麻，我們真的是朋友嗎？你也太偏向雀耳了！」

「抱歉，真真，雖然我很喜歡你，在這個世界上我最親近的卻是雀耳，我永遠也不會背叛她。」

「小麻，雀耳是不是也給了你一個可怕的名字束縛你？」一隻火光獸突然說，「雀耳有時候對你非常過分，你卻一點兒都不生氣。你不用害怕，這三個孩子很有辦法，一定能幫你得到自由！」

「咦？我們真的可以嗎？」知宵說。

所有火光獸都一本正經的點點頭。真真受到這些小傢伙的鼓舞，似乎真的有了十足的信心，於是對小麻說：「沒錯，不要擔心，我們可以想辦法幫你！」

「沒有的事，你們不要胡說！」小麻說。

「最近我們好幾次看到你在仙路裡唉聲嘆氣，一定是有什麼煩惱吧？」另一隻火光獸說。

「你們倒是觀察得很仔細。」小麻又說。

「你幫過我們很多次，我們並不討厭你。所以，請大大方方說出來吧！」

小麻嘆了一口氣，說：「誰活在世上會沒有煩惱呢？我沒有必要告訴你們。不和你們說閒話了，我還得去幫雀耳的忙呢！」

等到小麻走遠了，沈碧波小聲說：「小麻好像在隱瞞什麼。」

「一個多月前，小麻來看過我，那時候他好像就不太開心。」真真說，「可能真的像火光獸說的那樣，一切與雀耳有關。我一定會想辦法弄清楚！」

不久，這些火光獸又一次冷靜下來，他們的心重新被沮喪與恐懼占領。況且剛在小麻那裡受挫，令他們更加確信無法戰勝雀耳，於是他們決定放棄。真真當然不同意，不停的在旁邊給他們鼓勁，不過絲毫沒有作用。

沈碧波打斷了真真，說：「我們回去找茶來想想辦法，或許需要花費些時間與精力，但一定能讓你們與雀耳和平、友好相處，讓你們不再生活在恐懼之中。不，我們最好去找霸下。當年是他將仙路管理權交給雀耳的，他不能把所有責任都推給仲介公司。」

「你們燒焦了雀耳的頭髮，為了不讓情況更糟糕，最好向她道歉。」知宵說，「你們真的願意這樣做嗎？」

「當然願意，我們立刻上門請罪！」一隻火光獸說完，許多火光獸高聲回應。

「不行，我有些不服氣！」另一隻火光獸說。又有一些火光獸回應。

知宵驚喜的發現這些火光獸跟以前不太一樣了——沒有果子的支撐，他們竟然也有了不同意見！

真真也覺察到火光獸的變化，高興的說：「不服氣是對的！你們已經很厲害，只需要變得更厲害！」

慢慢的，更多的火光獸感覺不服氣，不想向雀耳認輸，反對的聲音越來越多，火光獸之間的分歧也越來越大。他們像往常一樣爭吵起來，最後打成一團。知宵、真真和沈碧波並不勸阻他們，耐心等待他們打鬥結束後做出決定。

「我們要與雀耳抗爭到底！」最後，一隻火光獸做出總結。

三個人都為他們感到高興，積極的與大家商量對策。

「雀耳凍傷了你們當中的一個，小麻也只咬傷了一個，就讓你們大潰散。」沈碧波說，「你們最大的問題是，容易被同伴的情緒感染，無法合體行動。你們應該努力學習不輕易被同伴的情緒影響。」

「這太難了，我們是一體的。」一隻火光獸說。

「也不是不受影響，是不讓那種影響妨礙你們的行動。」真真說。

「那我們應該怎麼做呢？」又一隻火光獸說。

知宵、真真和沈碧波互相看了看，都不知道該說些什麼。他們是第一次遇見火光獸這種類型的妖怪，又缺乏生活經驗，哪能馬上提供很好的意見？三個人想了又想，最後沈碧波問道：「我有些好奇，你們靠什麼感知彼此的存在與情緒呢？」

「耳朵與尾巴。」一隻火光獸回答。

「如果用某種方式將耳朵與尾巴封印起來，你們就不會被影響了，對吧？」真真接著說，「這樣一來，你們還能合體嗎？」

所有火光獸連連後退，似乎受到巨大的驚嚇。一隻火光獸說：「千萬別那麼做！這也是以前雀耳懲罰我們的方式，讓我們變成漂泊不定的碎片，我們只能在地上打滾兒！」

「有了名字的那隻火光獸，好像也有相似的感受，」知宵忍不住說，「你們明白他的心情，為什麼還要排斥他呢？」

這些火光獸有些心虛，眼珠滴溜溜轉個不停，尾巴不安的搖動。最後，一隻火光獸說：「不一樣，哪怕我們無法感知同伴，我們還是火光獸，他有了一個名字，正在慢慢變得不是火光獸，而是一顆葡萄！」

「沒錯，是一顆葡萄！」其他火光獸彷彿抓住了救命稻草，不住的重複這個回答。

「現在不是討論金燈的時候，」真真說，「你們說他是葡萄他就是葡萄吧！等到懲罰時間結束，他又能重新變成火光獸，到時候你們會接納他嗎？」

「當然會！」一隻火光獸說。

三個人繼續與火光獸商量。沈碧波認為，或許只要封印一隻耳朵，或者只封印尾巴，他們就不會那麼容易被同伴的情緒影響。但是火光獸討厭與同伴分離，拒絕了這個提議。很快的，他們就沒了興致，好多火光獸偷偷溜走了。在他們全部逃跑前，知宵大聲說：「或許根本沒有什麼捷徑，只要多多練習就行了。」

「怎麼練習？」一隻火光獸問道。

「你們要多多經歷痛苦的事，而且，不管多難過都不能鬆開尾巴。練習的次數多了，一定能變強。」知宵又說。

「熟能生巧，任何學習過程都一樣。」沈碧波也表示贊同，「你們願意練習嗎？」

「意思是，你會一次次凍傷我們，直到我們不再因為有一個同伴受傷而哇哇大叫為止？」一隻火光獸驚恐的睜大了眼睛問知宵。

「當然不是凍傷，我不會做這種事！」說著，知宵無意中看到花園裡的果子，突然有了靈感，「對了，仙路裡有沒有讓你們難以下嚥、對身體又沒有傷害的果子呢？我們可以用它來練習。」

「我們受不了太酸的果子。」一隻火光獸說。

「那麼就用它們來練習，好嗎？」

因為非常討厭酸味的食物，這些火光獸都露出一副不情願的表情。很快他們又聚集在一起，小聲而快速說著只有他們能夠理解的話語。

知宵、真真和沈碧波等得不耐煩了，便在花園裡參觀，找到了上次雀耳給他們的藍色果子。沒有雀耳在旁邊，真真終於嘗到這種果子的味道，高興得在園中跑來跑去。

他們在花園裡轉了一圈，火光獸還在竊竊私語。知宵仔細想了想剛才的點子，覺得它並不怎麼好，心裡生出許多疑慮。

「這樣真的好嗎？」知宵問身邊的朋友，「火光獸對打敗雀耳的事似乎並不怎麼感興趣，反而像是我們一直在鼓動他們。」

「他們是需要鼓勵與讚美的小妖怪，我們並沒有做錯。」沈碧波說。

「是的！」真真說。

看到朋友們自信滿滿的樣子，知宵也點點頭，暫時拋下心中的不安。

第八章

再一次挑戰

火光獸商量了很久，終於決定用酸味的果子練習。那種果子長得像李子，表皮是紫色的，看起來更像模型，而不是自然生長出來的。為了表明與這些火光獸甘苦與共，知宵、真真和沈碧波率先嘗了嘗味道。他們努力想表現得鎮定自若，但那果子太酸了，知宵無法控制自己的表情，等到酸味漸漸消失，他感覺自己的臉依然皺巴巴的像一個廢紙團。

看了三個孩子的表現，火光獸更加猶豫不安了。推推搡搡半天，終於有一隻火光獸站出來，拿起一顆果子。

「別害怕，加油！」真真說。

這隻火光獸咽了咽口水，幾次張開嘴巴又重新閉上。終於，他鼓起勇氣把果子放進嘴裡，胡亂咀嚼了幾下便將果子咽下。結果他的臉也皺成一團，然後不停在地上打滾兒。

盤腿坐在這隻火光獸旁邊的知宵，感覺他呼出的氣體也有一股濃重的酸味，本來消失的酸味又重新湧進他的嘴巴裡。

知宵還注意到，其他火光獸的耳朵都輕輕動了動，似乎接收到了同伴的信號。下一秒鐘，他們的臉也皺了起來，開始在地上打滾兒。等到酸味散去，這些火光獸掙扎著從地上爬起來時，知宵忍不住問道：「你們感受到的同伴的情緒，也是同樣強烈的嗎？」

「不是的。」一隻火光獸說，「我們離得近，情緒影響就大；如果距離遠一些，影響就小一些。」

「這種能力有好有壞。好的是，如果有誰非常高興，大家都很高興。壞的是，如果有誰痛苦，大家都痛苦。」沈碧波說。

「這樣的生活真疲憊，」真真說，「我只想當自己，完全擁有自己的快樂與悲傷。」

「你們的生活才可怕呢！就這樣獨自一個人嗎？」一隻火光獸說，「你們不會覺得非常孤單嗎？」

知宵雖然年紀還小，偶而也會感覺孤獨，哪怕他在客棧被愛熱鬧的房客們包圍，依然無法克服這種情緒。他曾經以為這樣的自己不正常，也向山羊妖曲江請教過。曲江說，孤獨是無法克服的，是所有妖怪與人都必須面對的問題，所以只能努力找到合適的方法，與孤獨共處。

知宵不太理解曲江話裡的意思，但是他能感覺曲江說的事非常重要，便一直將他的話記在心裡。

「當然會感覺孤單，」知宵說，「你們從來沒有體會過孤單，不會覺得有些遺憾嗎？」

「遺憾什麼？」一隻火光獸反問道。

知宵本來只是隨口說說，對自己的觀點沒什麼信心，便搖搖頭，說：「沒什麼，要不要繼續練習？」

這些火光獸又開始不安，扭扭捏捏半天，終於推出下一隻吃酸果子的火光獸，繼續剛才的痛苦過程。

三十多顆果子慢慢被消滅，還剩下四顆時，他們的反應就沒那麼誇張了。這小小的進步讓他們多了一些信心。

知宵和沈碧波找來更多果子，這些火光獸不再猶豫不決，自動跑來接受酸味的「折磨」，然後五官皺成一團，在地上打滾兒。等到第二次採摘的果子也被消滅乾淨時，那些感受到吃了酸果子同伴情緒的火光獸，即使依然很難受，但是叫得沒那麼大聲了。

「你們真厲害！」真真忍不住讚歎道。

這些火光獸也很驚訝自己的忍耐力，他們越來越得意，好像明天就能打敗雀耳。知宵也很高興，他想：「哪怕這些火光獸最終不能打敗雀耳，他們能夠變得勇敢、堅強，也是值得的。」

時間趁人不注意時悄悄溜走了，知宵看看手錶，已經下午六點多，他們準備回家去了。這些火光獸意猶未盡，決定繼續練習。

「你們明天也會來，對吧？」一隻火光獸說，「我們會早早的在通向客棧的那扇門外等待，給你們帶路。」

「我們明天要上學。」真真說。

「上學？我聽過這個詞，它好像是一件麻煩事。那你們什麼時候結束上學呢？到時候請你們一定要來。有你們陪在我們身邊，我們比較安心。」

火光獸大大的眼睛璀璨如寶石，誰會忍心拒絕他們呢？三個人答應了他們的請求，決定明天下午再來。

他們回到客棧時，茶來正趴在沙發上等待。他神情比往常嚴肅的問起今天仙路裡發生了什麼事，聽三個人講完後，茶來說：「你們好像很得意，難道忘記自己的任務了嗎？」

「這樣不是更好嗎？」真真說，「與其讓這些火光獸與雀耳互相遷就，不開心的一起生活，不如用這種方式徹底解決問題。」

「誰又真的過得完全稱心如意？以前我與韋老師，現在我與螭吻，也都是互相遷就、忍耐，非常努力的和平相處。我問你們，如果這些火光獸永遠無法打敗雀耳怎麼辦？任由他們每天在仙路中打鬥嗎？」

「我也覺得他們戰勝雀耳的可能性非常低。但是不能因為可能性低就放棄嘗試吧？」知宵說。

「沒錯。況且這些火光獸今天才做出決定，沒必要考慮『永遠』吧？」沈碧波說，「如果他們一直無法打敗雀耳，那再想別的辦法唄。」

茶來嘆了一口氣，說：「好吧！事情發展到這一步，我們也無法阻止，就看接下來會發生什麼事吧！我要事先聲明，一切由你們引起，不管發生什麼事，你們都要負責，明白嗎？」

三個人鄭重的向茶來保證，茶來看了看他們，又說：「剛才霸下聯繫我了，他已經知曉仙路裡發生的事。消息真靈通呀！我懷疑霸下一直偷偷躲在仙路裡觀察一切。他聽說雀耳的頭髮被燒焦，火冒三丈，還強調，雀耳擁有全世界最漂亮的頭髮，比嘲風的頭髮更漂亮。想到它們被燒焦了，他忍不住痛哭一場。當然，這一定是騙人的，他最愛誇張了。霸下還認為，你們三人故意讓火光獸與雀耳對立。」

「是仙路裡長出的果子突然給了火光獸勇氣，我們什麼也沒做。霸下知道這件事嗎？」知宵問。

「不清楚，我明天再和他說說。燒焦雀耳的頭髮已經是霸下忍耐的極限，你們最好讓那些火光獸注意分寸，小心被霸下一掌拍成肉餅。唉，仙路本來平安無事，你們硬是製造出了問題！」

「茶來，我們可沒有那麼大的本事。」沈碧波一本正經的說，「問題一直都在，只是大家都裝作沒看見而已。」

雖然茶來將霸下形容得非常可怕，知宵、真真和沈碧波卻不怎麼擔心。他們聽說過許多霸下的英雄事蹟，相信他不會這麼小心眼。再說，就算真的遇到什麼麻煩，只要找螭吻就好了。

第二天下午放學後，三個好朋友再次來到仙路裡，那些火光獸果然在等著他們。火光獸高興的跑過來，圍著他們轉了好幾圈，尾巴尖碰到知宵的手背時，知宵覺得癢癢的。

「你們走了之後，我們又吃了幾百顆酸果子，現在連骨頭都是酸的，而且完全不用擔心再輕易受到同伴的影響。我們從沒想過自己會這麼堅強，我們一定還有更大的潛力等待被發現！」一隻火光獸說，「我們準備好了，正要出發挑戰雀耳，希望你們也一起去。」

「好啊！」真真大聲說。

喜悅從這隻火光獸的心裡溢出來，他不知如何表達，就蜷縮身體成了一個毛球，滾啊滾，滾向遠處。

「只是克服了這一個弱點，真的行嗎？要不要再花些時間練習？」知宵小聲問。

「應該不行。但是他們這麼勇敢，我們就應該全心全意的支持。」真真說。

「只有不斷向雀耳挑戰，不斷在失敗中練習，才能變得更加強大。」沈碧波說。

知宵這才安心的與朋友們來到花園。所有火光獸都聚集在這裡，吃下了一大堆草莓的果子後，正興高采烈的向雀耳家前進。走著，走著，他們突然停下腳步，表情變得嚴肅起來。

「怎麼了？」沈碧波問道。

「這裡本來有一條路，現在卻消失了。」說著，一隻火光獸握緊了爪子。「一定是雀耳清除了它。可惡！」

「你們為什麼不和雀耳一起工作呢？一直跟著她，就能知道她要清除哪些仙路，也能說出自己的意見。」知宵說。

「我們才不去呢！」另一隻火光獸說，「哪怕我們有不同的意見，雀耳也不會聽。去了有什麼意思？」

「而且，我們不希望任何一條仙路消失，不知道該怎麼取捨。」又有一隻火光獸說。

「可是，不清除那些不穩定的仙路，可能會有更多『章魚』長出來。」知宵說。

「每隔一段時間，仙路就會動盪不安，誰說這一定與仙路的數量有關呢？」又有一隻火光獸說，「雀耳不過想藉這個機會清理仙路，她早就想這麼做了。不僅僅是飛舞的『章魚』，仙路的動盪一定也是她一手造成的！」

雖然很不喜歡雀耳對待火光獸的態度，知宵卻感覺雀耳很關心仙路的狀況。所以，他依然堅信雀耳的說法，認為仙路的數量太多確實很危險。

「以前仙路變得動盪時，你們會怎麼做？」沈碧波問道。

「霸下會想辦法讓仙路重新變得平靜，我們什麼也不需要做。」另一隻火光獸說。

「你們是仙路裡的精靈，應該負起責任來呀！」真真忍不住說，「就是因為你們什麼都不做，雀耳才會得寸進尺。」

「所以我們才要趕緊將她趕走，讓霸下回來啊！」這隻火光獸理直氣壯的說，「現在什麼也別說了，我們要集中注意力！」

真真似乎還有許多話想說，這時只好將它們咽回肚子裡。不久，大家來到雀耳家門外，那些剛才還威風凜凜的火光獸，又變得畏畏縮縮。在他們心中，恐懼與勇氣正進行著激烈的戰鬥，令他們不知所措。

「不要害怕，我們會一直陪在你們身邊！」沈碧波說。

真真上前敲了敲門，門很快就開了，小麻出現在大家面前。勇氣似乎戰勝了恐懼，一隻火光獸大聲說：「我們要挑戰雀耳！」

「你們要不要明天再來？雀耳還在睡覺，她最討厭別人打擾她休息。」

「你能不能叫醒她？」真真說。

小麻看了看真真，說：「我試試看。能不能叫得醒，我可不敢保證。」說完，小麻關上房門。

不久，房門再次打開，雀耳走了出來。因為一縷頭髮昨天被火光獸燒焦，她乾脆將頭髮剪短了，此時頭髮的長度剛過肩膀。知宵覺得惋惜，有點贊同霸下的看法。雀耳那紫紅色的長髮太漂亮了。

「開始吧！」雀耳說。

這些火光獸迅速聚集起來，尾巴緊緊纏繞，很快就變成一個奇形怪狀的動物。這一次他們只有四條腿，像一頭渾身通紅的大熊。

「快讓開，小心被誤傷。」小麻小聲提醒著。知宵、真真和沈碧波趕緊跟著他來到仙路的一個角落，旁觀這場決鬥。

火光獸合體後的形狀比上次正常、強壯多了，動作也更敏捷。他們的爪子在半空中揮過，似乎還殘留著一道紅色的光，看著，看著，知宵覺得他們好像真的變成了一頭兇惡的熊，輕易便能撕開人類的胸口。

雀耳只是側身閃避、前行、後退、跳躍，不費吹灰之力便躲過了進攻。她的雙手一動也不動，沒有想過反擊，似乎想藉此消耗對手的力量。

很快的，這些火光獸便開始焦躁起來，還一齊發出憤怒的吼叫聲，就像是在大合唱。

可惜他們並沒有什麼驚豔的招式，這很快便讓雀耳膩煩了。她輕輕躍起，像昨天一樣伸手按在「大熊」的額頭，動用了冰凍的能力。「大熊」打了一個冷顫，努力想要維持形狀卻在原地轉來轉去，就像個醉漢。堅持了一分多鐘，「大熊」還是解體了，火光獸再度失敗。

「哈哈！和昨天沒什麼區別，甚至不如昨天，那時你們還燒焦了我的頭髮呢！今天噴不出火來了嗎？怎麼渾身還散發出一股酸味？」說著，雀耳打了一個哈欠，「下次你們能不能帶些新花樣來？為了你們，我還中斷睡眠，損失太大了。」

雀耳看起來很失望，這讓知宵有了疑惑。雀耳到底在想什麼？難道她希望火光獸打敗自己嗎？

這些火光獸鎩羽而歸。雖然果實的效力還有殘餘，沮喪卻戰勝了勇氣，他們都耷拉著腦袋，又想放棄與雀耳對抗了。

這次不僅真真和沈碧波努力安慰他們，知宵也積極參與其中。他想到剛才這些火光獸的表現，突然對他們充滿信心，認為他們確實還有無窮的潛力等待被發掘，這時放棄真的太可惜了。

「我們沒辦法忍受冰凍。難道要讓知宵一直凍傷我們，直到我們習慣為止嗎？」一隻火光獸傷心的說。

知宵想到上次凍傷火光獸的情景，說：「不行，就算你們要求我這麼做，我也不忍心！」

「只是吃了一點兒酸酸的果子、做了一天的練習，就想要變得堅強，那也太簡單了，不是嗎？」沈碧波說，「還要吃更多酸果子才行。」

「你們真的這麼想嗎？」小麻的聲音突然傳來，不一會兒，他來到大家身邊。因為昨天才在小麻那裡吃了大虧，這些火光獸都氣呼呼的瞪著他。

「那你怎麼想？」沈碧波問道。

「你們難道沒發現嗎？火光獸合體後最大的問題是太過笨重、行動遲緩。雖然體形變大，力量並沒有增強。」小麻說。

「一定是雀耳讓你這樣講，故意迷惑我們的吧？」一隻火光獸說。

「我們才不會相信你！」另一隻火光獸說。

「我覺得小麻講得很有道理。」知宵說，「你們會輕易受到同伴的影響，或許是你們本來就沒能真正變成一個整體。你們合體後的外形總是奇形怪狀的，就像臨時將所有東西胡亂拼湊在一起。」

火光獸認真思索著知宵的話。過了一會兒，一隻火光獸說：「那該怎麼辦？我們也是最近才發現原來我們可以合體，到底怎樣合體才好，我們完全沒有概念！」

「小麻，你覺得呢？」真真問。

「我不知道，就算知道也不會告訴你們。這是你們自己的事。」說完，小麻又離開了。

這些火光獸興致勃勃，又一次聚成一團交頭接耳。知宵、真真和沈碧波也盤腿坐下來，獨自思考，偶而交談幾句。這些火光獸越來越激動，爭論也變成爭吵，很快的又打成一團。

由於已經見過這種場面很多次，三個人不再驚訝，也不想去勸阻，只等著他們自己冷靜下來。

知宵真是越來越不明白這些火光獸了：他們心靈相通、彼此依賴，關係應該非常親密、融洽，為什麼經常就會打起來呢？每次與這些火光獸待在一起，聽著他們尖細的聲音，知宵都覺得異常疲憊。他突然有些佩服雀耳，竟然能和他們相處這麼多年。

突然，這些火光獸安靜下來，又變得非常高興。

「我們想到了，是形狀！」一隻火光獸興奮的嚷嚷道。

「是的，我們沒有找到正確的形狀！」另一隻火光獸說。

第九章

藤蔓

這些火光獸高聲歡呼，互相碰撞胸脯，在地上打滾兒。等到他們冷靜一些，真真問道：「正確的形狀是什麼？」

這下他們又被問倒了，最後，有一隻火光獸說：「我們需要一些時間去尋找。」

「沒關係，只要知道目的，行動起來就方便多了。」真真說。

這些火光獸鬥志昂揚，想要盡快找到正確的形狀。他們飛快的跑回花園，交纏尾巴合體，變成了熊的模樣。他們的身體不停變幻，很快又變成老虎、變成大象、變成只有一隻腳的鳥兒，甚至變成一隻巨大的火光獸。不過，他們都不太滿意，持續的變換與摸索，不知不覺便換了幾十種模樣，但是依然一無所獲。

「這樣變來變去，要變到什麼時候呢？」知宵問道，「你們有沒有什麼線索？」

「沒有，我們只知道剛才變過的樣子都不合適。只有不停練習，直到正確的形狀不再躲躲藏藏，來到我們身邊。」一隻火光獸說。

這些火光獸這兩天忙忙碌碌，做了許多事，此刻非常疲憊，他們決定先回家睡一覺，養足精神再繼續尋找。

「你們的家在哪裡？我們可以去看看嗎？」真真笑咪咪的問。上次，她的紙蝴蝶被一隻火光獸發現後吞掉了。

這些火光獸齊刷刷的搖頭，嚴肅的望著真真。真真嘆了一口氣，說：「好吧，不去就不去。」

火光獸排著隊正要離開花園時，雀耳與小厤從仙路的另一端走來。一見到雀耳，這些火光獸便膽怯起來，嚇得不敢前進。恐懼在他們之間蔓延、滋長。知宵這才明白，單隻火光獸的行動與想法並不誇張，只不過他們的數量太多，各式各樣的情緒重重疊加，就會變得非常複雜。

「別害怕，你們現在是雀耳的對手，挺胸抬頭面對她！」真真在一旁大聲說，好像故意要讓雀耳聽到。

這些火光獸受到鼓舞，挺起胸膛，表情也變得嚴肅起來，但是隨著雀耳步步逼近，這股假裝的氣勢也消散了。大家都縮著身體，耷拉著耳朵，尾巴垂在地上。

真真見狀，認為自己應該為這些火光獸撐腰，便故意擋在雀耳與火光獸之間，瞪著雀耳。

雀耳沒有理會真真，只是在花園裡走來走去，似乎在尋找什麼，火光獸也趁機緩了一口氣。

雀耳很快又回到這些火光獸面前，說：「你們的花園似乎也不太穩定，我會再觀察一段時間，到時候，說不定必須清除這一條仙路。請你們事先做好心理準備。」

這些火光獸全都瞪大了眼睛，驚訝得說不出話來。過了好一會兒，他們回過神來，才著急又難過的請求雀耳不要清除花園。雀耳依然冷冰冰的說：「我只是說有這種可能性。你們要是在意這個花園，應該想辦法找出它不穩定的來源。你們現在準備去哪兒？回家嗎？」

「是的。」一隻火光獸小聲回答。

「正好，我也想去你們家裡檢查。我去過所有仙路，唯獨沒有去過你們家。」

這些火光獸全都豎起耳朵，不停晃動尾巴，反應比剛才更加誇張。

「不行，我們不想讓你去我們家！」一隻火光獸尖聲說。

「聲音太大了。」雀耳說。

「我們已經檢查過家中每個角落，一切正常，你不用擔心！」另一隻火光獸小聲說。

雀耳搖搖頭，說：「我無法相信你們。我知道你們在家裡藏了許多寶貝，放心，我對那些沒有興趣。」

「那也不行！哪怕我們家裡空無一物，也不歡迎你上門！」又有一隻火光獸吼道。其他火光獸也不再小聲嘀咕，紛紛大聲反駁，仙路裡像往常一樣吵鬧。雀耳不耐煩的拍拍手掌，一共三次，就像是某種信號。儘管不情願，這些火光獸還是立刻安靜下來。

「這與仙路的穩定有關，很抱歉，我沒空聽你們說廢話。走吧，小麻。」說罷，雀耳邁步往前。

雖然滿腔怨言，這些火光獸卻非常自覺的靠邊站，為雀耳讓路。看到他們難過的模樣，知宵突然有了勇氣，跑過去擋在雀耳面前。真真和沈碧波見狀，也跑到知宵身邊。

「你們現在當起火光獸的保護人了嗎？」雀耳冷冷的說，「請不要做能力之外的事。」

「你為什麼不相信他們呢？」知宵問道。

「這個問題應該問他們。」雀耳說。

小麻也擠到真真旁邊，對雀耳說：「你以前說過不喜歡火光獸家裡的氣味，還是讓我去檢查吧！」

「不行，我要親自檢查才放心。」說著，雀耳伸出手來輕輕一推，便將知宵推開，然後繼續前行。

小麻感到抱歉的看了看三個孩子，跟在雀耳身邊。這時，知宵看到這些火光獸正在竊竊私語，傳遞著什麼悄悄話。雀耳也察覺到了，她轉頭看了他們一眼，並沒有特別在意，繼續前行。等到雀耳消失在這一條仙路的盡頭，悄悄話已經傳遍所有火光獸。他們全都鑽進花園的草叢裡，像在尋找什麼。

「你們幹什麼？」知宵問道。

「當然是找『草莓』，吃下它們，我們才有勇氣對抗雀耳！」一隻火光獸回答。

「等你們吃下果子，再等果實發揮效力，雀耳可能去過你們家並且離開了。不如讓我們先去阻止她！」說著，真真拔腿奔向雀耳。她的速度是那樣快，馬上化成了一團模糊的影子。

知宵和沈碧波也趕緊跟過去。和真真對比，知宵覺得自己跑得太慢了，兩條腿像灌了鉛似的異常笨重。他一邊跑一邊讓手臂降溫，做好準備。但是，自己能做什麼呢？他完全不清楚。要知道，雀耳是霸下的女兒，她輕輕一揮手，就能將知宵他們搧出仙路。

知宵和沈碧波趕到雀耳身邊時，真真與雀耳早已鬥作一團。真真手握毛筆，筆尖裡冒出幾十條綠色的藤蔓，像是一條條靈活、狡猾的小蛇，纏住了雀耳。真真以為自己占了上風，一臉喜色，可惜她的喜悅並沒有維持多久，藤蔓的動作突然變得遲緩，很快便一動也不動，葉子快速枯萎。

真真忍不住叫出聲來，指揮藤蔓鬆開雀耳，趁它們往毛筆裡縮回時，抓住一條藤蔓查看。

「全都枯死了！」真真大喊，瞪了雀耳一眼。

「等到春天來臨，說不定會長出新的來。」說著，雀耳朝真真伸出手來。

雀耳的動作輕輕的、緩緩的，一旁的知宵看她那模樣，還以為她想與真真握手言和。這時，雀耳的手裡突然冒出一大堆顏色更淺、更細的藤蔓，幾秒鐘後，藤蔓死死纏住了真真，只剩兩隻大眼睛露出來。

「要說指揮藤蔓，我才是專家啊！小姑娘。」雀耳說。

真真拚命掙扎，但是她的嘴巴也被纏住了，只能發出嗚嗚聲。知宵趕緊上前去，想要扯開真真臉上的藤蔓。他的兩隻手彷彿冰雕，當他抓住那些藤蔓，藤蔓似乎也被這低溫嚇了一跳，往回縮了縮，但很快又習慣了。結果，知宵使出了吃奶的力氣，也奈何不了藤蔓分毫。

小麻也驚慌的對雀耳說：「請你放了她吧！她只是一個小孩子。」

「她也是妖怪吧？不會那麼容易死的。」雀耳冷冷的說，「這個孩子太張狂，不讓她受點兒苦，很快便會飄飄然的飛到天上去！」

雀耳加重力道，讓藤蔓把真真纏得更緊。知宵見自己扯不開藤蔓，便跑過去抓住雀耳那隻釋放藤蔓的手。

「你在幹什麼？我不是火光獸，不怕冷。」雀耳說。

這時，沈碧波朝雀耳的臉噴出黃色的噴霧。那些噴霧與往常的不太一樣，霧氣迅速膨脹，化成淡淡的煙，看起來很漂亮，但散發出一股濃重的臭氣。臭氣鑽進知宵的鼻子與喉嚨，嗆得他直咳嗽，他聽到沈碧波也咳嗽個不停。

「你在做什麼呀？」知宵不解的問。受到臭氣影響，他的聲音變得有些尖細。之後他便緊緊閉著嘴巴，擔心再次開口會把胃裡的東西吐出來。知宵又看了看雀耳，只見她眉頭緊鎖，額頭上冒出細細的汗珠，似乎非常痛苦。知宵這才想起來，雀耳受不了太過刺激的氣味，忍不住在心裡為沈碧波的舉動叫好。

小麻伸出爪子，輕易便抓斷了幾根藤蔓。雀耳輕輕呻吟，從另一隻手釋放出更多藤蔓，團團纏住小麻；小麻奮力掙扎，但無法擺脫藤蔓。沈碧波半瞇著眼睛，拿起噴霧不停朝雀耳的臉亂噴。知宵被臭氣淹沒了，他感覺自己正在融化，變成煙霧的一部分。

這時候，知宵聽到雀耳重重嘆了一口氣。

「放開我。」雀耳說。

知宵不為所動，這時，他聽到窸窸窣窣的聲響，發現那些纏繞著真真與小麻的藤蔓正飛快的縮回來。接著，雀耳掙脫知宵的雙手，轉身往遠處奔跑。

「成功了！」沈碧波得意的說，又咳嗽了兩聲。

「你成功利用了雀耳的弱點！厲害！」知宵說，「你可以告訴那些火光獸，這樣他們就擁有對付雀耳的武器了。」

接著，知宵與沈碧波趕忙查看真真的情況。真真平躺在地上，胸口劇烈起伏，身上布滿紅色的勒痕。小麻急切的呼喚真真的名字，不久，真真睜開眼睛，臉皺成一團，說：「真臭！」

「你沒事吧？」知宵問。

「沒事。」

在知宵與沈碧波攙扶下，真真從地上站起來。她四下看了看，問道：「雀耳呢？她去火光獸家了嗎？」

「我會去阻止她，你別著急！」說著，小麻朝雀耳逃跑的方向奔去。三個人也跟在後面快速前行。

突然，他們聽到身後有腳步聲，轉過頭便看到合體後的火光獸正朝這邊走來，這時候的他們看起來像是一隻梅花鹿，不一會兒便腳步輕盈的超過知宵一行人，奔向遠處。

三個人跟著拐進另一條仙路，沒走多遠，便看到雀耳、小麻與合體後的火光獸。雀耳斜躺在地上，頭髮的顏色也黯淡了一些，看起來比真真更加虛弱。聽到腳步聲，雀耳睜開眼睛看著三個孩子。

雀耳的目光久久的停在沈碧波身上。沈碧波不禁緊張起來，說：「我不是有意要拿出噴霧，我只是想幫助朋友！」

雀耳沒說什麼，又將目光移到小麻身上。「你剛才抓了我，還咬了我。」

「對不起！」小麻垂下腦袋說。

「都是你！你的爪子和牙齒都有毒吧？所以我才會這麼難受。」

雀耳勉強坐起來，然後取下項鍊，扯斷了繩子。珠子滾落在地上，發出清脆的聲響。它們彷彿有生命，不停彈跳，消失在遠處。雀耳看著小麻，說：「去把它們找回來。」

「明白。」小麻二話不說便跑開了，真真大聲喊道：「等一下，小麻！」可是小麻沒有回頭，也沒有回應。

「你這是在刁難他！」真真氣呼呼的說。

「沒錯。」雀耳說完便站起身來，合體的火光獸跑到她前面擋住她。

「別擔心，今天我累了，暫時不想去你們家。」雀耳說，「我可以給你們一個機會。下次你們向我挑戰，如果能堅持至少二十分鐘不被我打散，我就不再去你們家。」

「我們絕對會堅持二十分鐘以上！」

「這樣才好玩嘛！」雀耳笑了笑，轉頭離去。

知宵看著她的背影，感覺她落魄又寂寥，不像往常那般威風凜凜。

吃了「草莓」的火光獸精力充沛，見危機解除，精力又無處發洩，就開始變形，繼續尋找中意的形狀。真真突然覺得渾身沒有力氣，癱坐在地上，知宵與沈碧波也陪在她身邊。真真身上那刺目的紅色勒痕，讓知宵看了很心疼，說：「雀耳下手也太重了。」

「我跑上去朝她拋出藤蔓時，就想到自己可能會受傷。」真真說，「她雖然是霸下的女兒，活得也比我更久，卻也沒有我想像的那麼厲害。多給我一些時間，我一定能戰勝她！」

「現在你和火光獸有了相同的目的。」沈碧波說。

「我有更多打算。我無法忍受雀耳對小麻的刁難，我要想辦法解救小麻！」

「小麻以前說，雀耳對待這些火光獸嚴厲又兇惡，是想讓他們更加獨立。我懷疑，雀耳可能只是想要控制他們。」沈碧波說，「我母親說了雀耳許多好話，現在我也不是特別相信了。」

知宵想了想，說：「雀耳應該很討厭我們吧？那她為什麼沒趕走我們呢？還有，為什麼火光獸挑戰她，她反而很高興？會不會是這樣——雀耳看起來愛好安靜，實際上可能非常好鬥，她只是把這些火光獸當成自己的玩具！」

「有道理。小麻喜歡嚇唬小孩子，可能也是跟雀耳學的。」沈碧波說，「雀耳給了那一隻火光獸名字，就是想看他難受的樣子。這分明是一場遊戲！」

「火光獸可愛又有趣，但不是玩具。」真真說，「雀耳太可恨了！我們要在這場遊戲中，漂亮的打敗她！」

當然，三個人都壓低聲音談論他們的猜想，免得這些火光獸不小心聽到後更加沮喪。

果子的效力慢慢消失，這些火光獸紛紛圍攏過來，關切的詢問真真的傷勢。沈碧波也拿出剛才用的黃色噴霧，希望它能給這些火光獸帶來幫助。

有一隻火光獸不知想起了什麼，又聚集起同伴商量。不到一分鐘，討論結束，一隻火光獸說：「你們還想不想去我們家看一看呢？」

「好啊！」真真說。知宵和沈碧波也興致勃勃。

三個人跟著這些火光獸前行，穿過花園，又走了幾分鐘，便停了下來。走在最前面的火光獸伸出爪子觸摸仙路的牆壁，不一會兒，那裡出現一個新的入口。走進那個入口，大家來到一條低矮的仙路裡。路上沒有影子，隱隱泛著淺藍色，像是飄浮著淡淡的霧。

仙路盡頭是一扇大紅色的門。走在最前面的火光獸打開它，大家便排著隊走進門裡。最後一隻火光獸轉身對三個孩子說：「這裡就是我們的家，對你們來說或許太過矮小，只好請你們爬進來。」說完，最後一隻火光獸也進了屋。

知宵跟在真真和沈碧波身後爬進門，來到一個小房間裡。這是火光獸家的大廳，與知宵在客棧裡的房間差不多大；有橢圓形的天花板，但是高度不夠，知宵、真真和沈碧波只好背靠背坐著。這些火光獸則圍繞在他們身邊。

知宵好奇的打量四周，看到牆上有許多紅色小門。他望向敞開的小門裡，看到了狹長的走廊，那裡面應該是火光獸的臥室吧？

「真好。」知宵忍不住感嘆道。

「哪裡好呢？」一隻火光獸問。

知宵認真想了想，說：「我也不太清楚，不過，這裡讓人感覺安心，可以什麼都不管的睡上三天三夜。」

「是的，這是所有仙路中最讓我們安心的地方。」這隻火光獸說，「哪怕雀耳清除了所有仙路，只要這個家還在，我們就能堅持下去。這也是我們不願意輕易讓誰進來的原因。」

「謝謝你們的信任。」沈碧波說。

真真還在為小麻的事情生氣，便向火光獸打聽更多情況。

「雀耳可能在小麻的腦子裡植入了一種聲音，每當那種聲音響起，小麻便會非常害怕，只想躲在雀耳身邊。」一隻火光獸說。

「聽你一講我也想起來了！」真真說，「那是好幾年以前，我住在外婆家。有一天小麻來找我玩，大概是傍晚的時候，我們聽到一種非常可怕的鳥兒的叫聲。後來我問過外婆，才知道那是噪鵑在鳴叫。我從小聽習慣了，並不覺得害怕，但是小麻嚇得鑽進被窩裡直發抖，等到鳥兒飛遠了他才敢出來。你們說的是噪鵑的叫聲嗎？」

這隻火光獸搖搖頭，說：「不清楚。有一次我們看到小麻趴在雀耳的臂彎裡，身體縮成一團，真像一隻小貓咪。我們從來沒見過小麻和雀耳那麼親密，便好奇的向小麻打聽。那時他的心情還不錯，說是因為他的腦子裡總是縈繞著一個聲音，只有雀耳能夠給他安慰。」

「透過這樣的方式，確實能夠讓小麻依賴她。」沈碧波說，「雀耳很有可能這麼做。」

「這是非常重要的線索，我會想辦法弄清楚！」真真說。

不知不覺間，這些火光獸又聚集在一起小聲議論著什麼，不時的還會看三個孩子一眼。

知宵小聲說：「他們一定在說我們呢！」真真和沈碧波也贊同知宵的想法，

三個人裝作毫不在意的樣子，等著他們的會議結束。不到十分鐘，他們不再竊竊私語，一隻火光獸上前來，一本正經的說：「柳真真、李知宵、沈碧波，等我們成功趕走雀耳後，會請求霸下大人，讓你們一起管理仙路。」

「什麼？不會吧？」真真驚訝的說。

「你們非常合適。」這隻火光獸將兩隻前爪抱在胸前，「我們跟小麻打聽過你們的情況。李知宵，你是金月樓的小老闆，管理著那麼有名的一家客棧，對吧？沈碧波，你是姑獲鳥首領十九星的孩子，哪怕以後不能成為羽佑鄉的下一任首領，也會是一個舉足輕重的角色。柳真真，你從小就很有領袖風範，螭吻與茶來都非常器重你。韋老師退休後，雖然沒有明說，茶來幾乎算是城中妖怪的首領了，今後，這個責任一定會由你來承擔吧！」

「等一下！」真真打斷了這隻火光獸的話，「別聽小麻胡說八道，我可沒想過要永遠留在這座城市！老實對你說吧，我父親在仙境工作，等我再長大一些，就要跟著他一起學習！」

「不管哪一片仙境都離我們不遠，你不用擔心。總之，你們都很聰明、能幹，非常合適。」這隻火光獸又說。

「我可不行！」知宵趕緊拒絕了。

「好像也不是特別難。」沈碧波說，「仙路裡也不是天天都有事情發生。只要你們遇到麻煩時，我們幫忙擺平就行了，對嗎？」

「是的。我們非常信任你們，請不要推辭！」這隻火光獸繼續說。

「這並不是信不信任的問題，也不是我們能不能勝任的問題。」真真鄭重其事的說，「我們幫助你們對抗雀耳，為的不是趕走雀耳，取代她的位置，而是希望你們不用再看誰的臉色，可以自由的生活。我說過好多次了，你們才是仙路的主人，不需要誰來幫忙管理你們與仙路！」

「真真說得很有道理！」知宵說。

沈碧波認真想了想，嘆了一口氣，說：「沒錯，真真是對的。」

三個孩子的拒絕，讓這些火光獸更想將這責任託付給他們。所有火光獸的情緒都越來越激動，他們越靠越緊，有的甚至爬到了三個孩子身上。

「如果繼續拒絕，他們說不定會揍我們一頓。」知宵小聲說。

「不如這樣，」沈碧波提高聲音說，「你們的邀請來得太突然，能不能讓我們考慮一下呢？而且，我們認識的時間也不長，你們不要只聽小麻的話，應該再多了解我們一些。」

「是的，大家還是先集中精力打敗雀耳吧！」真真說。

這些火光獸認為沈碧波與真真的話很有道理，慢慢的冷靜了下來。他們已經非常疲憊，想要休息，三個人便告辭回到客棧。

「火光獸信任我們，我真的很高興。」知宵說，「可是不知道為什麼，我又覺得很失敗。小麻說得沒錯，火光獸習慣依賴著誰，他們會不會太過依賴我們？」

「我也有同樣的感覺，只是不知道該怎麼辦。」真真說，「如果丟下他們不管，他們一定很難過吧？會不會繼續努力對抗雀耳呢？」

「你們倆也別想那麼多，火光獸打敗雀耳的可能性非常低。」沈碧波說，「哪怕他們真的成功了，霸下大人恐怕也不會同意讓我們三個小孩子管理仙路。」

知宵和真真都認為沈碧波說得有道理，同意暫時不去考慮太多。

第十章

不一樣的金燈

第二天下午放學後，知宵、真真和沈碧波依然一起去仙路裡探望火光獸。他們在仙路中行走的次數多了，對這裡漸漸熟悉起來，所以，這次沒有呼喚火光獸出來帶路，也順利到了花園。

休息一夜後，真真身上的勒痕大多消失了，可是她的毛筆一直沒能恢復正常。真真將毛筆交給媽媽，她會想辦法修好它。

這些火光獸依然在尋找中意的形狀，時而情緒高亢，時而想要放棄。經過昨天的事，知宵才明白他們全心全意信任他和真真、沈碧波，他想要做點什麼回報這份信任，於是問道：「我們一直坐在這兒看你們變換形狀，是不是不太好？有沒有什麼我們可以幫上忙的？比如說，要不要我們幫忙拔雜草？」

「我們不是一直在練習，也關注著雜草的生長情況嗎？」一隻火光獸說，「你們待在旁邊，我們才能安心點，萬一遇到想不明白的地方，馬上就能得到你們的幫助。」

「你真的想做點什麼，就幫我們找一找花園到底哪裡有異常，可以嗎？」又有一隻火光獸說，「我們今天搜尋了老半天，什麼也沒發現。」

三個人睜大眼睛尋找蛛絲馬跡，可是他們不清楚正常的花園是什麼樣子，根本無法比較，又該怎麼找出異常呢？

一番搜尋無果後，三個人感到有些過意不去。這些火光獸並不介意，其中一隻說：「連雀耳也不清楚異常的原因，所以我們就更加確定，這裡一切正常，雀耳只是想找藉口清除我們的花園。」

「很有可能。」沈碧波說，「但是你們也先別太早下結論，再努力找找吧！」

這些火光獸雖然不太樂意，還是決定採納沈碧波的意見。時間不早了，三個人與火光獸道別，然後回去了。

一踏進客棧，知宵便感覺有些不對勁，真真和沈碧波也有同樣的感覺。三個人小心翼翼的前行，發現客棧裡靜悄悄的，一片黑暗。他們出發去仙路前，房客們明明還在大廳裡高聲談笑，現在大家都去了哪裡？

知宵大聲呼喚房客們的名字，沒有得到任何回應。他想要打開電燈，但是開關全都失靈了。三個人不敢分頭行動，決定一起去四樓找茶來，剛走到樓梯口，便聽到身後傳來口哨聲。知宵感覺後背發涼，哪怕他對妖怪的氣息不太敏感，也明白這時客棧裡有一個了不得的大妖怪。

「要去看看嗎？」沈碧波問道。

「知宵，這是你家的客棧，你說呢？」真真說。

「去吧。」

三個人轉過身，緊緊挨在一起，逐漸靠近那口哨聲。他們來到大廳，看到吹口哨的妖怪坐在沙發上。那個妖怪突然站起身，大步走過來，停在三個人面前。

金月樓的窗戶窄小，四周又長滿大樹，即使是晴朗的白天，屋裡也很昏暗。今晚更加反常，實在太暗了，彷彿誰把山洞深處的千年黑暗抓起來，堆在客棧裡。知宵瞪大眼睛也看不清楚那個妖怪的臉，但他能感覺到那個妖怪的目光。知宵的心怦怦跳個不停，體溫不由得降低了。

突然間，黑影伸出雙臂，將知宵、真真和沈碧波摟進懷裡。知宵覺得渾身無力，無法掙扎，也無法尖叫。他害怕極了，慌亂中抓住了不知是真真或沈碧波的手。

「你們到底在做什麼呢？」黑影終於說話了，他的聲音還算溫和。

「您指的是什麼？」知宵問道。他感覺自己的聲音在發抖。

「唆使那些火光獸對抗雀耳，讓仙路不得安寧，昨天甚至打傷了雀耳。那封抱怨信也是你們寫的，對吧？你們為什麼不按照我的回覆去做呢？」

「您是霸下。」真真說。

「沒錯。你們讓我非常失望。現在請你們馬上去仙路裡，讓火光獸冷靜下來，讓他們不要再和雀耳作對。你們還必須鄭重向雀耳道歉，並願意為自己的錯誤做出補償。不然的話，最近我很清閒，很樂意陪你們玩一玩；當然，你們必須當我的玩具。」

「那些火光獸不一定會聽我們的話。」沈碧波說。

「不用騙我了，他們全心全意的相信你們。」

霸下將三個孩子摟得更緊了。知宵感覺有什麼東西從霸下的手臂鑽進他的身體裡，還發出嘩啦啦的聲響，在他的心裡搔癢。體溫持續降低，知宵再次試圖掙脫霸下，卻突然聽到「喀嚓」一聲，好像是他的身體裂開了。

「不要動，你什麼也做不了。」霸下輕聲在知宵的耳邊說。

這時茶來的聲音響起：「霸下大人，您這是在幹什麼？他們只是小孩子啊！」

「但是都不是普通小孩子。放心，這一點兒力量不會要了他們的命。」霸下漫不經心的說，還是沒有鬆開手臂。知宵猛然想起，雀耳好像說過類似的話，他們不愧是父女！

茶來急得喵嗚亂叫，衝過來想要阻止霸下，但被霸下一掌掀飛。「砰」的一聲，茶來可能是撞到了牆上，之後便不再說話，可能是昏過去了。

「你們會乖乖按照我所說的去做，對嗎？」霸下又說。

「知宵、沈碧波，你們覺得呢？」真真問道。

知宵感覺自己的心臟也在慢慢結冰，似乎已在崩潰的邊緣。就在身體越來越遲鈍時，他好像不如剛才那麼害怕了，於是說出了自己也很驚訝的話來：「不要！」

「我也不想去。太過分了！」沈碧波說，「茶來，請你趕緊去通知我師父和螭吻大人，還有我母親！」

「我也不去！」真真說，「您要把我們當成玩具就當成玩具吧！要捏碎我們就捏碎我們吧！」

「哈哈！」霸下突然大笑起來，「你們其實很害怕，對嗎？我感覺到了，不過也沒有我想的那麼害怕。」他突然鬆開雙手，又吹了一聲口哨，屋子裡的燈都聽話的亮了。房客們從四面八方擁過來，圍在三個孩子身邊。看到他們臉色慘白，大家都非常心疼。

「我們想過來幫忙，但是動不了。非常抱歉！」曲江說。

茶來也扭著圓滾滾的身體走來，看起來並沒有受傷。他看了看知宵、真真和沈碧波，對霸下說：「您下手也太重了。」

知宵這才反應過來，看清了霸下的模樣。他化成了一個中等身高的男子，大約三十歲，身體強壯、敦實，彷彿由鋼鐵鑄造而成，黝黑的皮膚閃閃發光。一頭黑色短髮又粗又硬，像一根根刺向天空的針。知宵見過其他龍子，雖然也都變化成人的模樣，藏起真身，他們給人的感覺卻與眾不同。知宵看著霸下的眼睛，依然感覺不到特異之處。不過知宵很清楚，能夠將自己裝扮得這麼普通，剛好證明霸下的強大。剛才他只要輕輕用力，就能將知宵和他的兩個朋友捏得粉碎。知宵不明白自己為何會拒絕霸下的提議。

房客們雖然對霸下的行為心懷不滿，見到身分尊貴的龍子，依然激動又緊張。霸下哈哈笑個不停，然後一屁股坐在知宵和沈碧波中間，又一次伸出雙臂攬住三個孩子。有了剛才的驚魂時刻，知宵忍不住打了一個冷顫。

「別害怕，剛才我只是和你們開個玩笑。」霸下說，「有些難受吧？現在已經好了，對不對？我還是很有分寸的。茶來，謝謝你配合我。」

「您坦白得太快了，完全沒有表演天分。」茶來說，「我準備了好多臺詞，都沒機會說。」

「什麼臺詞？」霸下問道。

「等一下，我們對你們的表演細節不感興趣！」真真氣沖沖的說，「您到底想要幹什麼？霸下大人。」

「我聽茶來說起你們在仙路裡的行動，就想見一見你們。那些火光獸單純又無知，很容易受到影響。我擔心你們只是一時心血來潮，覺得好玩，才鼓動他們與雀耳抗爭。現在看來，你們倒是很堅定，怪不得火光獸會信任你們。希望你們能夠協助那些火光獸，順利打敗雀耳！」

「您想讓雀耳失敗嗎？」知宵問道。

「想，也不想。雀耳是我的女兒，做父親的當然想全力支持她，而那些火光獸與雀耳實力懸殊，我又想站在更弱小的火光獸那一邊。事情變成現在這個樣子，確實比我當初的想法更好。那些火光獸會變成什麼模樣呢？我很期待接下來的發展。現在，我要和你們道別，去看看雀耳那邊的情況。」

霸下起身，大步離開。真真追了過去，擋在霸下面前。知宵和沈碧波也毫不猶豫的站在她身邊。

「剛才我非常難受，感覺心都快被捏碎了！」真真說，「您不能因為這是考驗，就覺得一切理所應當吧？還有，您憑什麼考驗我們？我的師父是螭吻，如果是他考驗我，我心服口服，而您的考驗只會讓我生氣！」

霸下將雙手抱在胸前，表情嚴肅的一直盯著真真。知宵很害怕，只想趕緊逃跑，然而，他可不想讓真真一個人面對強大的霸下，於是深吸了一口氣，說：「霸下大人，請您跟我們道歉！」

「是的，您剛才的做法非常過分！」沈碧波睜大了他那雙細長的眼睛，大聲說。

霸下終於收回目光，點點頭，再次伸出手臂摟住三個孩子，非常誠懇的向他們道歉，又說：「我是不是應該送你們什麼東西補償一下呢？該送什麼呢？讓我慢慢想一想。你們很有意思，我很喜歡！另外，」霸下突然壓低聲音說，「偷偷告訴你們，千萬別外傳。你們這次可幫了我一個大忙了。我也覺得雀耳有時候對那些火光獸太過冷酷，有一次我非常含蓄的向雀耳指出來，她好長一段時間不肯理我，之後我就不敢再說什麼了。既然你們已經得到那些火光獸的信任，就一定要幫忙到底——要麼讓那些火光獸打敗雀耳，要麼讓雀耳轉變態度！」

「您對雀耳太過寬容了。大家都說您豪爽、仗義，您怎麼能這樣呢？」真真說。

「請體諒一位父親的心。」霸下無奈的說。

「無法體諒！」真真果斷拒絕了。

霸下有些悲傷的嘆了一口氣。

「那您會幫我們嗎？」沈碧波問道。

「你們一直做得很好，等到實在無法應付時，我會偷偷給你們一些幫助。但是也不能太明顯，我怕雀耳發現。」

霸下鬆開手臂，離開了。知宵看著霸下的背影，覺得驚訝又疑惑，過了一會兒，他對真真和沈碧波說：「霸下會不會把我們想得太能幹了？」

「他看起來很強壯，卻是一個膽小鬼！」真真撇撇嘴說，「他害怕雀耳討厭他，就利用我們來達到自己的目的！」

「不過，我們確實已經沒辦法袖手旁觀了。」沈碧波說。

這一場風波突然到來，又突然平息，知宵、真真和沈碧波繼續陪伴那些火光獸練習著。他們變換了好幾百種模樣，依然沒有找到最合適、最滿意的那一種。知宵心裡的疑惑越來越重：「或許這些火光獸行動遲緩、笨重，是因為他們真的非常笨拙，與他們的形狀毫無關係。畢竟，當初他們只是突發奇想，認為合體後應該有一種他們都覺得滿意的形狀。這種想法來自何處？是仙路的提示嗎？」

又過了兩天，知宵說出自己的疑惑，結果引得這些火光獸陷入沉思，開始懷疑自己。像往常一樣，正常的情緒在這些火光獸之間傳播時，就會變得越來越誇張，最後他們失去了所有勇氣，全都躺倒在地上，再也不想練習。

「知宵，你胡說什麼呀？」真真有些生氣的說，「他們需要的是支持與鼓勵！而且，訓練才開始幾天，不用這麼著急。」

「我只是有些擔心，沒想到會引起這麼強烈的反應。」知宵說。

「可能他們心裡也有同樣的疑惑，聽你講出來，這種疑惑也就更強烈了。」

沈碧波說。

知宵趕緊跟這些火光獸道歉，一遍遍說著加油的話，直到口乾舌燥時，他們終於振作了一些，然後，跑去找來一些紅豔豔的、好像草莓的果子，胡亂塞進嘴巴裡。有了果子給予勇氣，火光獸終於再次投入練習。

吃了果子，火光獸的身上會散發出更加明亮、耀眼的光芒。昨天知宵偶然碰到了一隻火光獸的身體，便發覺自己的體溫升高了；今天他又摸了摸一隻火光獸的腦袋，感覺體溫比昨天更高了一些。

知宵害怕這些火光獸會再度驚慌失措，但又放心不下，猶豫半天後才開口問道：「你們的體溫好像一直在升高，這是正常的嗎？」

「沒事。體溫升高，說明我們心頭的火焰燃燒得旺盛。」一隻火光獸說，「哈哈，哪天我們一定又能噴出一大團火，將雀耳燒成光頭！」

「體溫一升高，我們就充滿勇氣，也沒那麼恐懼了。」另一隻火光獸說。

知宵依然憂心忡忡，真真和沈碧波也一樣。接下來的日子，他們準備更仔細的觀察這些火光獸，一旦他們出現異常，第一時間就想辦法解決。這些火光獸讓三個孩子一直在旁邊看著他們，可能就是為了防範出現這樣的情形。

這時候，仙路裡響起一陣輕輕的笑聲，那是火光獸的聲音。所有火光獸都安靜下來，笑聲依然在空中迴盪。知宵四下搜尋，不一會兒便看到了那隻蹲在樹上的火光獸。

「你是有名字的那隻火光獸嗎？」知宵問道。

「直接叫我金燈吧！」金燈從樹上跳下來，邁著優雅的步子來到同類面前。和前些天相比，他看起來強壯又健康，雙眼也炯炯有神，不過，他散發的光芒比同伴要暗淡一些。知宵忍不住問道：「雀耳拿掉你的名字了嗎？」

「我找到雀耳的母親，順利拿回了珠子。我現在已經習慣有名字做伴的日子，等到過幾天懲罰時間結束，我也不想與它分離。」金燈看著他的同伴，「我終於明白了，不是名字束縛了我們，是仙路束縛了我們。名字讓我獲得了自由，有了名字，就算在仙路外待再長的時間，我也不會心慌意亂，不會感覺自己快要熄滅了。我們不會熄滅，我們只是恐懼而已。擁有一個屬於自己的名字真是太棒了，大家都去找雀耳吧！讓她給你們起名字！」

金燈越說越激動，還不停的搖尾巴。但是，他的感受沒能成功傳達給同伴，其他火光獸看起來非常疑惑。

「糟糕，哪怕離得這麼近，我也感受不到他了！他的心徹底變成了葡萄，再也不屬於我們了！」一隻火光獸說。

「就像失去了一隻爪子。」

「就像失去了一隻耳朵。」

「就像失去了心的一部分。」

其他火光獸紛紛嘆氣，悲傷重重疊加，變得越來越沉重，接著，他們哇哇大哭起來。他們的悲傷沒能成功傳達給金燈，名字是他的盔甲，扎扎實實包裹著他。金燈覺得大家實在太吵了，於是大吼一聲，連空氣也在震動，其他火光獸都安靜下來。

「聽雀耳說，你們在尋找什麼最滿意的形狀。我真是不明白，你們到底在想些什麼？這樣肆意踐踏雀耳的好意！仙路是我們的搖籃，但是我們不能永遠躺在搖籃裡；認領一個屬於自己的名字，等於擁有了一雙翅膀，可以飛出搖籃，到外面的世界去！」金燈說，「因為迷路，我花了很多時間才找到雀耳母親的家。第一次獨自待了那麼長的時間，我想了許多事情，我的腦子第一次如此清晰。你們知道為什麼雀耳對我們那麼嚴格嗎？因為我們的行為太過幼稚，她只是希望我們成長！擁有一個名字就是最好的成長方式！」

不滿擠走了這些火光獸心頭的悲傷，他們圍到金燈身邊，七嘴八舌的開始反駁、勸說金燈。金燈非常努力的為自己辯護，但一張嘴難敵幾百張嘴。知宵擔心他們太激動，又會打起來，小心翼翼的來到金燈身邊，說：「金燈，你快住嘴吧！大家都很生氣。」

「我說出了他們心中不敢承認的事實，他們當然會生氣。多說無益，算了。」

金燈轉頭看了看三個孩子，繼續說，「非常感謝你們那天將我扔出仙路，如果不是你們的鼓勵，我就無法堅持下去，也無法得到自由。」

金燈輕輕一躍，跳出同伴的包圍，甩著尾巴奔出花園。其他火光獸依然怒氣沖沖，不停的抱怨金燈，認為他一定是受雀耳所託來離間大家。不過，一想到這突然的改變都是因為那個可怕的名字，他們開始同情金燈，憤怒也如海潮般退去。他們又開始為失去同伴悲傷，抱頭痛哭起來，在地上打滾兒。哭聲此起彼落，不停的鑽進知宵的耳朵裡。知宵受到影響，也覺得鼻子酸酸的。

「我們能幫你們做什麼嗎？」真真說，「要不要找一些甜甜的水果，讓你們心情好一些？」

「需要糖果嗎？」沈碧波說。

「我們偶而也會失去同伴，至少需要半年才能恢復過來，只是至今還沒發現能緩解痛苦的植物。」一隻火光獸說，「太難過了，你們怎麼會明白呢？快離開吧！我們想靜靜的待一會兒。」

「大家別擔心，我們會想辦法勸說金燈歸來！」真真說。

這些火光獸依然悶悶不樂，也不回應。三個人不想打擾他們，離開仙路回到客棧。

沒想到，金燈就在客棧大廳與房客們談笑風生。他高興的跟三個孩子打招呼，看他那放鬆、自在的樣子，好像已經在客棧裡住了許多年。

客棧的大廚——鼠妖柯立已經準備好晚飯，正等知宵他們歸來，於是大家圍坐著飯桌開始吃晚飯。柯立將金燈的食物盛在盤子裡，想讓他蹲在椅子上吃飯。金燈拒絕了，說：「這裡雖然是妖怪雲集的客棧，但它位於人類的世界，你們也入鄉隨俗，幾乎都化成了人類的模樣。」金燈看了看麻雀妖白若——白若很不喜歡化成人形。「那麼，我也變成人類的模樣，與大家圍坐著一起吃飯。」

說完，金燈變成一個十來歲的小男孩，還與知宵長得一模一樣。大家都誇讚他的法術很厲害，金燈洋洋得意，鬈髮翹得更高了。知宵卻不太高興，說：「你能不能變成別的樣子？我最討厭大家變成我的模樣！」

「我還是新手，總要找一個模特兒當參考。我看了看大家，發現變成你最容易。」

「什麼意思？難道因為我長得很粗糙、很簡單嗎？」知宵說。

「可能這就是理由吧！」金燈說完，哈哈大笑起來。

房客們與真真、沈碧波也跟著一起笑。不知從何時開始，或許從知宵懂事開始，大家就喜歡拿他開玩笑。知宵有時候並不在意，有時候卻覺得討厭極了。今晚他便覺得非常討厭，於是不理會大家，埋頭吃著東西，不時還瞪金燈一眼。眼前的金燈跟前些天那無名火光獸截然不同，知宵不認為那個名字給他帶來了好的影響。

吃完晚飯，金燈就不見了蹤影，或許是跟房客們出門散步了。知宵、真真和沈碧波只好各自回家去，決定明天再與金燈好好談談。第二天早晨他們來到客棧時，金燈還沒有回來。

下午放學後，知宵與同學討論著一道數學題，等到弄明白後才匆匆奔下樓，與真真、沈碧波會合。他來到教學樓的大門外時，一眼便看到了那一叢鮮亮的紅頭髮，雀耳正笑咪咪的望著他。知宵嚇了一跳，但很快便反應過來，發覺這個雀耳的表情有些古怪，而且，真真與沈碧波也在她旁邊。

知宵這才鼓起勇氣走上前，問道：「你是誰？」

「我是金燈。怎麼樣，我的變身術足夠以假亂真吧？」

知宵搖搖頭，說：「我只是一下子沒反應過來，你和雀耳一點兒也不像，雀耳不會笑得這麼燦爛。不過無所謂，只要你不再變成我的樣子就好。」

「白若領著我在街上逛了一圈，很快我就發現知宵長得太普通了，沒意思。還有，小孩子有許多不能去的地方，行動一點兒也不自由。雀耳真好看，我變成她的樣子上街，似乎沒有比我更好看的了。不管我走到哪裡，大家都忍不住轉頭看我。」

「那是因為頭髮的顏色。」真真說。

金燈一本正經的看著真真的臉，說：「為什麼你看到我就不高興呢？昨天我們明明聊得很開心啊！難道是因為你不喜歡雀耳？」

「沒錯。你能變成別的樣子嗎？」真真說。

金燈堅定的搖搖頭。

「你已經不害怕雀耳了嗎？」沈碧波問道。

「不怕。我很感激她給了我一個名字，讓我看見了更廣闊的世界。」

「你來找我們有什麼事？」真真問。

金燈從口袋裡拿出那個海螺，將它還給知宵，說：「上次我感覺很難過的時候，你們給了我許多東西，我也有些東西想要送給你們。」他又從口袋裡摸出三顆果子，分別送給知宵、真真和沈碧波。那果子長得像橡果，不過比橡果稍微大一些。

「這是我在高石沼的山裡撿到的，我不知道它們叫什麼名字，但它們在夜裡會發光。走在路上的前兩天，我感覺自己像一片風中飄落的枯葉，它們的光芒給了我許多勇氣。它們就是小小的燈，有了它們的照明，我暫時就不需要變成一盞金色的燈了。」

「你的心變成葡萄了嗎？」真真問道。

「好像沒有。」

「心裡的火焰熄滅了嗎？」知宵問道。

「我們心裡沒有火焰，那不過是一種想像。」

「真的沒有？」知宵再次詢問道。

金燈一本正經的點點頭，說：「我們只是皮毛會發光。」

小麻也說過類似的話，可是不知為什麼，知宵更願意相信那些火光獸的說法，相信他們的心頭真的有一團火焰。要不然，那天他們為什麼能噴出火來，燒焦雀耳的頭髮？

「剛開始有了名字時，你一直在仙路裡打滾兒，非常虛弱。為什麼突然會接受這個名字？」沈碧波問道。

金燈將雙手抱在胸前，認真想了想，說：「我也不太清楚。我不是在高石沼裡迷了路嗎？當時只好四處亂走，走著，走著，突然，心裡好像有什麼東西綳斷了，從此我便獲得了自由。」

「應該是你與其他火光獸間的聯繫斷了吧？」真真說，「我覺得這樣很不好。你真的決定不再回去了嗎？大家非常傷心呢！」

「我明白失去同伴的痛苦，但是痛苦並不會讓他們死去，半年後他們就會恢復如初。」金燈說，「我對他們依然有感情，哪怕無法感知他們的情緒，我依然捨不得他們。只是我看見了更廣闊的世界，無法再回到原來的生活中。」

知宵目不轉睛的看著金燈的臉，發覺他與以前大不相同，而他也不像昨天那麼反感突然改變的金燈。或許是因為金燈給了他一份禮物，誰收到禮物會不開心呢？也可能是因為，知宵一直希望某天能走遍世界——人類的世界與妖怪的世界。那些火光獸住在仙路裡，很方便就能到達許多地方，卻始終不願意踏出一步，他多少覺得有些可惜。

「這樣的金燈挺好的，他好像很喜歡現在的生活。我不知道該怎麼勸說他，也不太想勸說他回去。」知宵小聲對真真和沈碧波說。

「怎麼可能？這樣不就讓雀耳得逞了嗎？」真真說。

「我明白知宵的想法，但是，其他火光獸那麼悲傷，難道你就不心疼？再說，他們又那麼信任我們。」沈碧波說，「我們把金燈扔出仙路，就該負起責任來。不管能不能成功，我都會盡力勸說金燈回去。」

三個人沒有更多時間竊竊私語，因為金燈正催促著他們離開校園。

金燈離開的這幾天，仙路裡發生了許多事，他非常感興趣，希望三個孩子給他詳細說一說。大家你一言、我一語的說起來，因為與仙路裡的火光獸有約在先，他們不能陪金燈走太久。

「我想去月湖公園，但是不知道該往哪邊走。你們這兒的道路太複雜了，每一條看起來都差不多，我怎麼也記不住。你們能陪我走到月湖公園嗎？」金燈說。

「你去那裡做什麼？」沈碧波問道。

「聽白若說，那裡住了一個很神祕的大妖怪，我要去拜訪他。」金燈說。

住在月湖底下的阿觀是韋老師的摯友，阿觀與仙路中的那些火光獸有些相像，他不喜歡地面世界，不過夜裡會悄悄出門遊蕩。上次他與韋老師發生不愉快後，似乎很沮喪。知宵很喜歡阿觀的家，也去月湖公園拜訪好幾次，可是無論怎樣敲門，也得不到阿觀的回應。

「阿觀不一定會見你。」真真說。

「我聽白若說過他的事，我已經喜歡上他了。我有預感他也會喜歡我！」金燈信心十足的說。

三個好朋友只好領著金燈前往月湖公園。

第十一章

小麻的疑惑

月湖公園離市中心不遠，距離知宵念書的學校也很近，不久他們便到了目的地。這是一個很不起眼的小公園，不過環境清幽，只要踏進公園，哪怕公園外車水馬龍，也會覺得非常安靜，住在附近的人吃過晚飯後常常來散步。

這是妖怪建造的公園，只要在月圓之夜張望月湖，就能看到隱藏在瞳孔中的記憶影像，即使你將那些事情忘光了，也能重新想起來。

一路上真真與沈碧波一直勸說金燈回去找同伴，金燈依然不為所動。知宵偶而也會說兩句，但是懶懶的，因為他並不贊同兩個朋友的想法。

來到公園門口，金燈像是突然發現了什麼，丟開三個孩子跑進公園裡。知宵、真真和沈碧波趕緊跟了進去，過了好幾分鐘才找到金燈，他正在公園的側門處東張西望。

「怎麼了？」知宵問道。

「我剛才聞到了小麻的氣息，可能是我的錯覺吧？」

「難道是雀耳那串項鍊的珠子飛到公園裡了？」沈碧波說。

「我一想到這件事就生氣！」真真說。

金燈剛才聽說了小麻與雀耳之間的事情，說道：「小麻與雀耳互相信賴，這一直是他們的相處模式。如果小麻不覺得有什麼問題，你為什麼生氣呢？不過，小麻確實正煩惱著什麼吧？雀耳的母親還讓我向小麻轉達幾句話。」

「什麼話？」真真問道。

「嗯，這個……」金燈摸著下巴想了想，說，「也不是什麼不能告訴你們的祕密，我就坦白說吧。前些日子，小麻好像去探望過雀耳的母親，不知道他們聊了些什麼。雀耳的母親希望小麻勇敢一些，不要顧慮雀耳。」

「小麻苦惱的事果真與雀耳有關！」真真說，「等小麻回來，我必須和他談一談。」

「對了，我也必須向你坦白一件事，知宵。」金燈的表情變得嚴肅起來，「那天我是故意將爪子放在你的手中被你凍傷的。雖然很難受，但是並沒有我表現出來的那麼誇張。我是只想透過這個方式賴上你，讓你幫忙消滅『章魚』。」

知宵並不驚訝，點點頭說：「我也想過有這種可能。不過，你們平常很怕生，竟然全都跑出來見我們，我高興都來不及呢！」

「你們為什麼想找知宵幫忙呢？」沈碧波問道。

「直覺吧。我們見過你們在仙路裡走過很多次，從沒在你們身上感覺到威脅。這或許就是你們最可怕的地方。」

金燈意味深長的看了看知宵，欲言又止。一絲疑惑閃過知宵的腦子，他覺得金燈並不是單純在誇獎他們。

月湖旁有一間用灰磚砌的小房子，那是通往阿觀家的門。阿觀在房子外施了法術，別說普通人類，就是妖怪也要睜大眼睛使勁瞧，才能找到那座小房子。那房子飽受風雨侵蝕，又破又舊，爬山虎的藤蔓肆無忌憚的攀在上面，綠意從葉子裡湧出來，向四周蔓延。

金燈敲了好幾次門，知宵、真真與沈碧波也出聲跟阿觀打招呼，阿觀像往常一樣不願意回應。天色不早了，三個孩子準備離開，金燈依然對阿觀興趣十足，他打算晚上一直守在月湖公園，直到阿觀願意開門。

「金燈，你能不能和我們一起去仙路裡，看看你的同伴？」真真試著最後一次勸說金燈，金燈依然毫不動搖。

月湖公園旁也有一個仙路入口，但是知宵、真真和沈碧波都不知道該怎麼從那個入口去火光獸的花園，他們決定搭計程車回客棧，從客棧那熟悉的入口出發。還沒走出公園，金燈就追了過來，說：「從這裡的入口進去吧！我給你們帶路。昨天我和他們鬧得不愉快，想想有些過意不去，確實應該去看看他們。」

在金燈的帶領下，大家很快便來到火光獸的家中。因為金燈來訪，本來躲在各自的房間裡唉聲嘆氣的火光獸，全都聚集在大廳。知宵、真真和沈碧波抱著膝蓋靠牆坐著，看著眼前的聚會。

金燈站在同伴面前，挺起小小的胸脯，一本正經的說：「我們選擇了不同的路，但依然是同類，所以，有些話我不得不對你們說。我離開了幾天，仙路發生了翻天覆地的變化。我一直四處打聽，終於知道事情的來龍去脈，並且突然有一個疑問：你們為什麼會全心全意相信這三個孩子呢？你們與他們素不相識，從來沒想過他們為什麼會幫助你們嗎？」

其他火光獸沒有說話，他們看著知宵、真真和沈碧波，眼神中充滿疑惑。三個人都很驚訝，他們沒想到金燈會這麼說。

「或許他們只是好心吧？」一隻火光獸說。

金燈也看著三個孩子，問道：「你們能解釋一下嗎？」

「一開始是知宵凍傷了你，我們只好幫忙清查仙路，不知不覺就捲入其中。後來你們認為我們敢和雀耳對抗，就主動向我們尋求幫助，不是嗎？」

火光獸認真想了想，接受了沈碧波的說法。金燈依然不滿意，又說：「沒錯，表面上看起來，一切都是自然而然發生的。大家都說你們善良又熱心，但是，你們真的一無所求嗎？會不會是因為討厭雀耳，你們想利用我們對付她？透過這樣的方式給雀耳添麻煩，讓她過得不安寧。」

「什麼？」真真大聲說，「利用你們來對付雀耳，還不如我們自己來呢！」

「雀耳絲毫不在意你們，你們當然無法傷害她。我聽曲江說，人類很擅長傷害關心你們的人。」金燈又說，「你們發現雀耳關心我們，知道我們是最好的工具。結果，我的同伴不僅燒焦了雀耳的頭髮，也傷透了她的心！」

金燈說得頭頭是道，像是已經找到了充足的證據，其他火光獸受到影響，開始竊竊私語。

「金燈，你昨天應該見過雀耳吧？」沈碧波說，「她看起來像傷心欲絕的樣子嗎？」

「她只是習慣將情緒藏在心裡，這不代表她不難過。」金燈繼續說，「你們早就認識小麻，或許認為雀耳奴役了小麻，才會對雀耳懷恨在心。天哪！這一切會不會是小麻主使的？剛才你們和小麻在月湖公園裡，不會密謀著下一步的計畫吧？因為我的離開，我的同伴陷入悲傷之中，你們暫時無法利用他們來對付雀耳，一定又在想新的詭計，對不對？昨天我去雀耳家中，聽她說起小麻最近的反常舉動，恐怕原因就在於此！雀耳也不是毫無察覺，那天她弄斷項鍊讓小麻去找回來，就是為了提醒小麻！」

這些火光獸議論得更大聲了，還不時的瞪三個孩子一眼。他們沒什麼主見，很容易受到影響。知宵深知這一點，大聲說：「我們沒有這樣想過！」

「那麼，一切只是一場遊戲嗎？」金燈繼續追問，「茶來說過，你們玩心很重。我問過白水鄉的木客鳥，最近你們常常無緣無故找他們的麻煩。你們也一直以製作地圖的名義，在龍宮中亂跑吧？現在你們厭倦了龍宮和白水鄉，想把仙路當作自己的遊樂場，把我的同伴當成玩具嗎？」

這些火光獸終於忍耐不住，一窩蜂跑到三個孩子面前，七嘴八舌的說自己的想法。他們的聲音太過雜亂、尖細，知宵聽不太清楚，只知道火光獸非常懷疑他們三人的目的。知宵、真真和沈碧波好不容易讓這些火光獸安靜下來，並一再強調他們沒有這種邪惡的打算。但是，他們無法否認在龍宮與白水鄉的行動，也無法消除這些火光獸心頭的懷疑。

「你們先回去吧！等我們沒那麼難過了，會好好想一想的。」一隻火光獸沮喪的說。

三個孩子無計可施，只好離開。金燈大搖大擺的走在他們前面，洋洋自得。知宵一肚子氣，快步上前抓住了金燈的尾巴，說：「別動，小心我凍傷你！」

金燈嚇得打了個冷顫，但還是嘴硬的說：「我現在不怕冷了！」

「真的嗎？我要確認一下。」知宵故意說。

「好的。」金燈說。

知宵遲疑了。金燈讓知宵蹲下來，伸出爪子緊緊握住了他的手，說：「你快降溫吧，我想確定自己現在不再害怕冰凍了。」

知宵看著金燈的眼睛，說：「真的嗎？」

「是的。」

知宵點點頭，讓右手迅速降溫。金燈沒有鬆開爪子，也沒有哇哇大叫，更沒有像上次那樣暈倒在地。知宵默默在心裡數數，數到「十六」時，金燈縮回爪子，說：「還是有些可怕，不過比以前好多了。名字讓我戰勝了自己最大的弱點。」

「我認為怕冷不是你們的弱點，而是你們的特點。」沈碧波說。

「管它呢！反正我更自由了。」

趁知宵分神的時候，金燈順利逃跑。還沒跑多遠，他的尾巴又被真真抓住了。

「話還沒說完呢！先別走。金燈，你為什麼要編造那樣的謊言？」真真說，「是不是雀耳要你這麼做的？」

「雀耳才不會這麼卑鄙，你們別誣衊她！這都是我自己想出來的，不是謊言，是合理的懷疑！」金燈說，「離開仙路一段時間，遠離同伴，我可以更客觀的看待我們與雀耳的關係，也感受到雀耳的用心良苦。我可不想看到她的心血都被你們三個小孩子毀了！當然要為她做點什麼！一切因我而起，也要由我來終結。其實，如果你們不要一直勸我回去，我還不準備這麼做呢！」

「你的說法太混亂了，其他火光獸也不是傻瓜，不會輕易被你矇騙。」沈碧波。

「他們信不信並不重要，我不過是想讓他們產生懷疑。只要有一絲絲疑惑在他們心中產生，經過傳播，這疑惑就會變得越來越深。這一點我比你們更清楚。」金燈得意的說，「這只是我的初步計畫。如果你們還要一意孤行，我就和你們抗爭到底！」

真真嘆了一口氣，鬆開金燈的尾巴。金燈試著往前跑了幾步，見沒人追趕他，又回過頭來瞧了瞧，然後放心的跑遠了。

「我感覺金燈沒有說謊。」沈碧波說，「那個名字讓他改變太多了。」

「不再害怕離開仙路，不再依賴同伴也不再怕冷，他已經不是火光獸了。」知宵說，「就算金燈過得很開心，我也覺得有些不對勁，總感覺雀耳做了一件很可怕的事。我們應該努力勸說金燈放棄名字。」

「你終於想明白了，知宵。」真真說，「先不管了，我要去雀耳家，看看小麻是不是回來了。」

不久，三個好朋友來到雀耳家門外。真真敲了敲門，並沒有得到回應。不過他們的運氣很好，沒等多久，小麻與雀耳便回來了；他們倆正親切的交談，似乎已經和好如初。真真不高興的對小麻說：「我想和你聊聊天，你能和我們一起去金月樓嗎？」

「今天還需要我幫忙嗎，雀耳？」小麻問道。

「沒什麼事了，我也想好好休息一下，明天再說吧！柳姑娘好像正生氣呢！你該好好哄哄她。」雀耳說。

「我生氣是因為你！」真真像往常一樣直言不諱，還狠狠瞪了雀耳一眼。

雀耳也像往常一樣平靜，看著知宵說：「聽說，那些火光獸非常悲傷？真可憐。原來名字帶來的分離竟然和死亡有一樣的效果。」說完，雀耳的嘴角浮現一絲微笑。

知宵感覺背脊發涼，不由得火冒三丈的大聲說：「看到他們受苦，你很快樂嗎？」

「說不上快樂，只是覺得有趣。」雀耳說，「擁有一個名字後，那隻火光獸性情大變，甚至非常感激我。看來給火光獸一個名字，才是與他們和平相處最好的方式。這半年之內，他們應該會非常懶散，無論我讓他們做什麼都不會聽從。

這樣一來，我就有許多機會送出名字。嗯，仔細一想，確實挺快樂的。」

「他們一定會打敗你的！」知宵又說。

「我會耐心等待。」雀耳回答。

「我也會幫小麻擺脫你的控制！」真真說。

「真真！」小麻大聲喝斥道，「別胡說八道！」

雀耳饒有興致的望著真真，說：「我也會耐心等待。」

說完，雀耳開門進了屋。小麻呆呆看著房門，似乎在思索著什麼，不過很快又回過神來，與三個孩子一起離開仙路回到金月樓。

大家來到會客室，一關上門便隔開了外面的喧鬧聲。會客室有一扇大大的窗戶，可以看到客棧中庭的小花園。不過這時天色暗了，看不出花園中的生機。

個子嬌小的小麻蹲坐在桌上，真真、知宵和沈碧波坐在小麻面前。真真一向心直口快，她不說什麼客套話，開門見山就說起小麻對雀耳的順從行為。

「你不應該找回那些珠子，雀耳在侮辱你。」真真說，「就算你非常尊敬她，也不用做到這種地步。小麻，雀耳是不是和你簽訂了某種協議，讓你不得不聽她的話？」

聽到這裡，知宵不由得緊張起來，突然想到了他與咕嚕嚕、嘩啦啦的契約。不久前，咕嚕嚕與嘩啦啦得罪了阿觀，害怕得躲了起來，直到現在還沒回來。此時他們會不會也正與朋友談起知宵呢？他們的朋友會不會也像真真一樣，認為知宵十惡不赦，讓山妖失去了自由？

在知宵心裡，有一種感覺越來越強烈：當初他與咕嚕嚕、嘩啦啦簽訂契約，並不是一個正確的決定。

「當然不是。」小麻的回答打斷了知宵的思緒。

「那到底是怎麼回事呢？」真真繼續說，「非常抱歉，以前和你見面時，我只知道不停的講自己的事，從沒試著去了解你。小麻，請你也講一講你的事情，好嗎？」

小麻看著真真，過了好一會兒，說：「我明白。」然後，他看了看沈碧波與知宵。

「你不想讓我們聽嗎？」沈碧波說，「要不然我們先出去？」

「就算我只對真真說，她轉頭就會告訴你們，你們也聽聽吧！」

知宵和沈碧波點點頭，認真的望著小麻。

「我從虛無中甦醒過來，最初遇見的便是雀耳。在我年紀還小時，她像我的母親，教給我這個世界的常識與各種法術。雀耳體弱多病，等到我獨當一面後，我就常常幫助她。我一直非常依賴她，不想讓她難過、生氣，所以從來不忤逆她。她平常愛好安靜獨處，並不需要陪伴，但是，每當她需要我幫忙時，哪怕是要我完成非常可怕、困難的事，我都非常高興。真真，你曾責怪我不以真正面目與你相見，其實，我平常要麼變得像老虎那樣大，要麼像茶杯那樣小，只有待在雀耳身邊時，我才會變成正常的大小，因為我必須對她坦誠。你們能夠理解我的感受嗎？」

妖怪的個性千奇百怪。三個人與妖怪打交道的時間長了，學會了一個重要的道理：看到任何事情都不要驚訝。於是他們都點了點頭。

「那你為什麼害怕噪鶥的叫聲呢？」知宵問道。

「我記不太清楚了。我剛誕生時，懵懵懂懂，一直在林中打轉，好像聽見了非常可怕的鳥叫聲，嚇得到處尋找躲避的地方。就在那時，雀耳出現了，還將我摟進懷裡。不過，最初的恐懼並沒有消失，那種聲音已經刻在我的腦子裡。」

「原來不是雀耳施了法術。」知宵說。

「現在還不能排除這種可能性。」真真糾正道。

「你認為雀耳用鳥兒的聲音控制了我？」小麻問。

「你沒有懷疑過嗎？」真真反問道。

小麻一言不發，轉頭看向窗外。或許是處在泛黃的燈光下，今晚的小麻比往常更加溫和。知宵忍不住想：「原來連嘻嘻哈哈的小麻也有深藏的煩惱，這個世界上是否有人永遠快樂呢？」

過了一會兒，沈碧波又問：「小麻，你有父母嗎？還是像那些火光獸一樣，是從某處化生而來？」

「我不知道自己來自何處，是卵生、胎生，還是化生。」小麻說，「我在世間行走多年，也從未見過同類。妖怪本來就是這樣，突然從虛無中誕生，許多都是獨一無二的。雀耳只對我說，她在人間的一片樹林中發現了我，那時候我就是如今的模樣。不過……」小麻說著，突然跳下桌子，爬上窗臺張望黑漆漆的小花園。知宵、真真和沈碧波都轉頭看著他，但是沒有說話，只是安靜等待著。

小麻很快回過頭來繼續說：「有時候我會有一種奇怪的感覺，很多東西都似曾相識。彷彿我不是第一次來到這個世界上，說不定，我回想起來的是我前世的記憶。可是，真的有前世嗎？」

「你回想起什麼了？」真真問道。

「很多破碎的片段，我不知道該怎麼形容。在我弄清楚一切前，我無法告訴你們。」

「會不會不是前世，而是你已經忘記的事？」知宵提出自己的看法。

小麻看了看知宵，輕輕嘆了一口氣，說：「我也想過這種可能性。」

「所以，你今天下午去了月湖公園，你想看到自己的過去！」沈碧波說。

「心緒不寧的時候坐在月湖公園裡，真的會感覺平靜一些。我打算回想起來嗎？在雀耳發現我之前，我真的還有別的生活嗎？太可怕了。」

真真起身看看牆上的日曆，很快又坐下來，說：「三天後就是農曆十五，你就能弄明白心裡的疑惑。張望月湖是有風險的，我陪你一起去！」真真將臉湊近小麻，說：「去年冬天我差點消失，那時你一直陪在我身邊，安慰我、支持我，我也想為你做點什麼。」

「多一個人多一分力量，我和知宵也會陪你一起去。」沈碧波說。

小麻猶豫再三，最後還是答應了。

第十二章

失控的火光獸

小麻離開客棧後，時間已經不早了，知宵、真真和沈碧波照例留在客棧吃飯。今天的晚餐是什麼？知宵跑進廚房，看柯立在爐灶前大顯身手，想要幫忙。不久，他聽到敲門聲，便離開廚房走進過道，來到後門旁。門並沒有上鎖，還留有一道縫隙，難道是誰悄悄進來了？他低頭一看，一隻火光獸蜷縮在門邊，緊緊摟著自己的尾巴。

「金燈，是你嗎？」知宵蹲下來問道，又拍拍金燈的臉頰，金燈毫無反應。知宵立即將仙路中的不愉快拋在腦後，抱起金燈去找房客們幫忙，他發覺金燈的體溫又降低了一些。

金燈活潑、開朗，深受房客們喜愛。大家都圍過來，可是看不出什麼名堂。最後曲江說：「事不宜遲，還是趕緊帶他去找雀耳吧！」

知宵點點頭，抱著金燈就往側門跑。真真和沈碧波當然也跟著一起去。曲江擔憂大家迷路，也拄著拐杖健步如飛的跟去了。

他們還沒走出客棧，金燈便睜開了眼睛。他看了看知宵，又看了看四周，問道：「我在哪兒？」

「在客棧裡，我們正要帶你去找雀耳呢！你暈過去了，情況似乎很不好。」

「我沒事，不用麻煩雀耳。」金燈說，「放我下來！」

金燈拚命掙扎，知宵只好輕輕將他放在地上。金燈轉頭往大廳的方向奔跑，搖搖晃晃的像喝醉酒似的。大家只好跟著他，追問他為什麼會暈倒。

「我在月湖公園裡等待與阿觀見面，不知不覺就睡著了。我沒有暈倒，你們別擔心。」金燈說。

「難道你是夢遊回到客棧的嗎？」知宵說，「不對，我聽到了敲門聲。」

「應該是阿觀送金燈回來的。阿觀不想進來，所以敲門引起我們的注意。」曲江說。

「這樣嗎？他真是好心，我一定能和他成為朋友！」金燈高興的說。

「這也證明你不是睡著，而是暈倒了。阿觀擔心你才會送你回客棧。」沈碧波說，「金燈，你為什麼不願意去找雀耳呢？」

「我不想失去名字，我只是需要時間適應我的新身分，還有我的新生活。」

回到大廳，房客們都圍過來噓寒問暖。金燈搖身變成雀耳的樣子，嘻嘻哈哈的回應大家，看起來已經恢復正常。

知宵感覺雙手依然涼絲絲的，那是金燈殘留的體溫。他憂心忡忡的來到金燈旁邊，正考慮該怎樣開口時，金燈說：「如果你想勸我回去，或者想說雀耳的壞話，還是別開口了，我一個字也不想聽。」

「是啊！小老闆，別做煞風景的事。」白若說，「我不清楚雀耳與火光獸之間的恩恩怨怨，但是她確實幫了金燈。」

知宵點點頭，思索了一陣子後，一本正經的說：「金燈，不管你什麼時候想回去，你的同伴都會敞開懷抱接納你。」

金燈看了看知宵，說：「我知道。謝謝你。」

第二天是星期五，知宵、真真和沈碧波一大早便去仙路裡，但是那些火光獸並不想見他們，甚至不願意打開那條封閉的仙路。無論他們說什麼，無論他們喊得多大聲，那些火光獸都不願意回應。

「他們是太難過不想見人，還是依然在生我們的氣呢？」知宵不安的問道。

「當初明明是他們一定要找我們幫忙，我們不得不答應，現在反倒要我們去哄他們！」真真說，「做好事怎麼這麼難呢？」

「或許雀耳的想法是對的，我們真的是多管閒事。」

「我們不能拋下他們不管，不能半途而廢。」知宵說，「他們信任我們，這是我們的責任。」

他們來到火光獸的花園，知宵看到草叢裡露出一簇簇紅豔豔的小「草莓」時，靈機一動，說：「這些果子帶來的勇氣，說不定能幫助火光獸戰勝悲傷。」

真真和沈碧波也認同知宵的想法，三個人彎著腰在花園裡摘了許多小「草莓」，然後放在那條封閉的仙路之外。知宵大聲說出自己的想法，左等右等，也沒得到火光獸的回應。大家只好回家去。下午放學後他們再次來到仙路中，發現果子已經不見了。

「大家還好嗎？小『草莓』有沒有效果呢？」知宵大聲問道。

過了好一會兒，一隻火光獸的聲音從牆壁裡傳出來：「你們能不能不要來煩我們？請讓我們自己待著！」

火光獸的話有如冰水潑在知宵身上，他小聲說：「不好意思，打擾了。」然後與真真、沈碧波一同離去，第二天也沒再去仙路。

月圓之夜恰逢星期天，傍晚時分，知宵、真真和沈碧波來到客棧，與房客們吃了晚飯，等著和小麻會合，再一起去月湖公園。小麻出現時卻告訴大家，他暫時不想去月湖公園了。

「真抱歉，我還沒有做好準備。」小麻說，「仙路的事還沒了結，雀耳的身體狀況也不太好。最好等忙完這陣子再說。」

「我們不是說好了嗎？真是的！」真真有些不高興的說，「難道是雀耳發現了你的意圖，禁止你這麼做？」

「她沒有，你別誤會，是我太膽小了。」小麻解釋，「我喜歡變成兇惡的大老虎嚇唬人，不過是在虛張聲勢。而且，眼前確實還有更重要的事，或許也應該讓你們……」

他們本來坐在大廳的沙發上談話，突然間，不知是誰關了電燈，四周頓時漆黑一片。就在這時，一盞金色的燈緩緩飛起來，在大廳裡轉來轉去。那盞形狀像是酸漿果的燈散發出微弱的光芒，彷彿一個飄浮在無盡黑夜裡的精靈。

那盞燈很快便飛到知宵面前，故意碰了碰他的鼻子。知宵想要伸手抓住它，它敏捷的閃躲著，迅速飛走了。

「金燈終於變成金色的燈啦！」白若的聲音從角落傳來，「真漂亮！」

「這盞燈今晚如果停在我的床頭就好啦！我一定會做一個美好的夢！」轟隆說。

許多房客都鼓掌歡呼起來，讚歎金燈的表演。誰不喜歡讚美呢？金燈飛得更歡快了，就像在跳舞。突然，他的動作停了下來，懸浮在半空中，接著，光芒黯淡下去，金燈緩緩的落在地上。

知宵趕緊起身奔向金燈所在的地方，剛走幾步，房間裡的燈也亮了。藉著燈光，知宵看到金燈趴在地上，沒有變成知宵或雀耳的模樣，而是保持原形，與前些天在後門旁邊一樣。

「金燈，你還好嗎？」知宵問道。

金燈慢慢睜開眼睛，說：「我好像動不了了，我的心正以非常快的速度變成葡萄。我……」他的聲音越來越小，直到再也聽不清楚。然後，金燈重新閉上了雙眼。

白若與金燈關係最好，不安的拍著翅膀，說：「真奇怪，之前還好好的，怎麼突然就……」

「一定是因為那個名字，快帶他去找雀耳。」小麻說。

真真趕緊抱起金燈，忍不住叫出聲來，說：「他的身體真冷，像一塊冰！」她與知宵、沈碧波一起奔向仙路，小麻跑在最前面為大家指引方向。

沒走多久，知宵便看到半空中飄浮著一團紅色的火焰，那是一隻火光獸。他不像金燈那樣變成燈的形狀，但是身體比往日更圓潤，好像一個氣球。見到大家時，那隻火光獸還主動打招呼，語氣從容、悠閒，彷彿在進行輕鬆的飯後散步。

「你怎麼了？」知宵問道。

「不知道，我只是感覺身體裡不斷發出咕嚕、咕嚕的聲響，不斷產生氣體，一不留神就飛起來了。一定是雀耳在捉弄我們，她的鬼把戲多著呢！暫且在空中飄著吧！我想看看她到底要做些什麼。你們別擔心，飛在空中很好玩，沒有絲毫不舒服的感覺，而且好像也沒那麼難過了。我先飛走了。」

說完，這隻火光獸迅速擺動四肢，彷彿在空中游泳，可是這動作並沒有讓他飛得更快一些。知宵想都沒想，一把抓住了這隻火光獸的長尾巴。

「你的尾巴好燙！」知宵說，「到底怎麼回事呀？」

「因為我們心裡的火燃燒得正旺盛呢！」這隻火光獸說，「現在我什麼都不怕，雀耳算什麼，等我飛得夠遠了，一定也會不再害怕、悲傷！」

知宵不願意鬆手，說：「就算你沒感覺不舒服，這樣也不正常吧？你什麼都不怕嗎？你吃過小『草莓』嗎？」

「它們是非常好的果子啊！」這隻火光獸沒頭沒腦的感嘆道。

「現在所有火光獸都在仙路裡飄著呢！我本來在幫雀耳抓捕他們，剛好到了離客棧不遠的岔路口，想到我們之間的約定，才會去客棧見你們。知宵，你抓著他，我們一起去找雀耳。」小麻著急的說。

「別去找雀耳，我們這次絕對不會向她示弱！」這隻火光獸在空中嚷嚷道。

知宵可不打算鬆開手，這隻火光獸不高興的拚命掙扎，還抓了知宵一把。知宵忍不住「哎喲」叫出聲來，看到抓痕中滲出血跡，他狠狠瞪了火光獸一眼，但依然不打算放手。

「知宵，你凍一凍他，他就規矩了。」小麻提議道。

「不行！」知宵想也沒想便拒絕了。

小麻嘆了一口氣，說：「真是一個心軟的小子。火光獸，你聽著，我的爪子更加鋒利，你再繼續亂動，我就不客氣了！」

就算這時非常勇敢，這隻火光獸依然畏懼小麻，不再掙扎。一路上大家又遇到一隻飄在半空中的火光獸，沈碧波便伸手抓住了他。

小麻嗅覺靈敏，很快就找到了雀耳。她的雙手握滿了火光獸的尾巴，半空中擠滿了飄浮的火光獸，他們散發出耀眼的紅色光芒，也映紅了雀耳的臉。知宵覺得雀耳很像街頭賣氣球的小販。

這時，一隻火光獸不小心逃跑了，他在空中飛得很慢，很快又被雀耳抓住了。那隻火光獸還不肯放棄，拚命掙扎，突然又安靜下來，彷彿耗盡了所有力氣。雀耳走近後，知宵發現所有火光獸都無精打采的。

「你凍傷了他們，對嗎？」知宵有些生氣的問道。

「是的，這樣他們才會老實。」雀耳說，「你別擔心，我沒使出多少力量，他們也沒那麼脆弱。你們把他們倆給我！」

雀耳用目光向知宵與沈碧波示意。

「來吧！來吧！我是一團永遠不會熄滅的火焰，我才不怕被你凍傷呢！」沈碧波手中的火光獸說。

「沒錯，我們什麼也不怕！」知宵手中的火光獸說。其他火光獸也紛紛附和。雖然挨了凍、損耗了力氣，他們的心依然是自由、勇敢的。沈碧波和知宵不願交出火光獸，雀耳嘆了一口氣，什麼也沒說，轉身就走。知宵小跑到雀耳身邊，說：「下次遇到他們，我們可以幫忙抓捕，請你不要再凍傷他們了！」

「那你們可要機靈點兒，別幫倒忙。」雀耳說。

於是三個孩子跟在雀耳身邊，每次遇到飄浮的火光獸，就會趕在雀耳之前抓住他們，以防雀耳使用冰凍的能力。小麻也努力幫忙，用他的尾巴纏住火光獸的尾巴。過了半個多小時，大家清點了一下火光獸的數量，一個也不少，雀耳便領著大家去火光獸的家裡。

「雀耳，火光獸到底怎麼了？會不會有生命危險啊？」沈碧波問道。

「他們認為是我謀害了他們，至少我最近沒有這樣的打算。一定是吃了小『草莓』的副作用，這也不是第一次了。」

火光獸似乎吃下了許多小「草莓」，小小的身體裡充滿勇氣。他們又嚷嚷起來，要為小「草莓」辯護。雀耳受不了他們那尖細的聲音，說：「再嘰嘰喳喳說個不停，我就把你們凍成冰！」

「好啊！你想凍就凍吧！我們什麼也不怕！」這些火光獸嚷嚷的聲音更響亮了。

「雀耳，別跟他們生氣，他們只是生病了！」知宵趕緊說。

「算了，現在讓你們小聲點兒，你們只會更大聲。隨便吧！」

雀耳繼續往前走，速度越來越快，齊肩的頭髮輕輕飛舞著。知宵和沈碧波選擇相信雀耳是好意，真真哪怕有些不情願，也沒有反對。三個人乖乖跟在雀耳身後，很快就來到火光獸家門前。小麻已經在門口等著了，他也抓住了好多火光獸，用變長了的尾巴死死纏住他們的尾巴。

雀耳和小麻不斷將火光獸塞進門裡，一邊清點著數量。全員到齊！雀耳關上房門，用手指在門前劃了幾下，許多綠色的光芒從她的指尖冒出，很快又消失了。

門裡的那些火光獸好像想要逃出來，知宵聽到爪子刮門的聲響，又聽見他們哇哇大叫起來。他悄悄伸手摸了摸門，發現門已經變得冷冰冰的。

「接下來你想怎麼辦？」沈碧波問道。

「他們的體溫太高了，光芒也比往常明亮得多，真擔心他們真的會燒起來。

我馬上去盧浮醫院找大夫來瞧一瞧。」雀耳看了看真真懷裡的金燈，「你只能堅持到這種程度嗎？辛苦了。」

「什麼意思？」真真問道。

「這是我的一個實驗。這些火光獸一直反感擁有名字，認為名字會帶來分離。那麼我便要試一試，一個名字是不是真的能讓他們與整體分離，這種分離又會給他們帶來怎樣的變化。雖然只堅持了十幾天，但是也夠了，金燈的表現令我大開眼界。現在，懲罰差不多也可以結束了。」

雀耳把手放在金燈的額頭上，輕輕摩挲了幾下便拿開。知宵聽到金燈嘆了一口氣，但他依然一動也不動，也沒有睜開雙眼。

「好了，我已經拿掉他的名字，等他醒來應該就沒事了，你們別擔心。」知宵發現雀耳的頭髮正在迅速改變色彩，便問道：「你還好嗎？」

「我沒事，只是需要找一種更適合我的色彩。」

雀耳轉身正要離開，小麻出聲叫住了她。雀耳回過身來，正想聽聽小麻要說什麼，門裡卻傳來火光獸的聲音：「不准走！」

接著，「轟」的一聲，火光獸家的大門倒下，碎成了好幾塊。

第十三章

正確的形狀

那些火光獸從房門裡飄出來，像一長串燈籠，煞是好看。雀耳也停下腳步，還示意知宵、真真和沈碧波與她一起後退，給這些火光獸騰出空間。很快的，這些火光獸全都飄了出來。

只不過，他們暫時沒辦法控制自己的行動，越是想要聚集成一團，卻常常不小心相互撞一下，然後各自飛遠了。雀耳一直站在旁邊，不聲不響的看著他們試圖合體。

「你不把他們抓進去嗎？」知宵問道。

「他們打破了冰凍的門，表現得很好，說不定會玩出一些新花樣，我想要看一看。」雀耳說。

知宵發現雀耳的嘴角帶著笑意，似乎很期待接下來會發生的事情。知宵更加肯定自己之前的猜想：雀耳確實將這些火光獸當成了玩具。他不禁在心裡幫這些火光獸打氣，希望他們給雀耳一點兒顏色瞧瞧。

十幾分鐘後，這些火光獸終於成功合體，變成一隻巨大的火光獸。大火光獸依然飄在半空中，也不太能控制行動方向，只是張大嘴巴像在等待著誰來餵食。

知宵聽到大火光獸的身體裡傳出咕嚕、咕嚕的聲響，接著便噴出一團火。火舌迎面撲來，知宵忍不住大叫，慌慌張張的後退。

突然，他飛了起來，落在稍遠的、更加安全的地方。真真和沈碧波也輕輕落在他身邊，三個人逃過了火焰的攻擊。小痲快步跑過來，確定三個孩子沒有受傷才鬆了一口氣。

「謝謝你，小痲。」知宵說。

「不是我，是雀耳把你們移過來的。」小痲說。

知宵將目光轉向雀耳，看到她站在大火光獸的正前方，並沒有像上次一樣被燒焦了頭髮。大火光獸依然在空中飄來飄去，不斷噴出火來，因為動作笨拙，每次雀耳都能輕鬆躲過。

直到大火光獸噴出的火苗越來越微弱，看似能量快要耗盡。知宵、真真和沈碧波這才敢上前幾步，近距離觀察。

「大家還是回去吧！今天你們沒辦法戰勝雀耳！」知宵大聲說。

大火光獸根本不在意知宵的話，繼續胡亂噴火。雀耳似乎並不滿意眼前的對手，很快便不耐煩了，她像往常一樣伸手按在大火光獸的額頭上。大火光獸變得軟綿綿的，那團快要噴出嘴巴的火焰又被吞進了肚子裡。

和前幾天不一樣的是，冰凍並沒有讓他們潰散。知宵心裡高興極了：這些火光獸變厲害了！

然而，大火光獸仍舊不是雀耳的對手。雀耳飛起一腳，便將大火光獸踢散了。她釋放出手中的藤蔓纏住這些火光獸，將他們重新關進家裡。這次她在門上施了更多法術，把門凍得更加結實，又囑咐小麻好好看守。

「雀耳，我想和你一起去！」小麻說。

雀耳回過頭來看著小麻，過了半晌，輕聲問道：「聲音又出現了嗎？」

「是的，今天早晨我便隱隱約約聽到了，此刻特別響亮，彷彿有一大群可怕的鳥兒在我腦中飛翔。不要把我獨自留在這裡，讓我待在你懷裡，直到明天早晨，好嗎？」

小麻抬起腦袋望著雀耳。知宵剛好能看到小麻的眼睛，感覺此時的小麻就是一隻溫馴的小貓。他從沒見過這樣的小麻，一瞬間還懷疑起這個小麻的真實性。

知宵明白，妖怪與人類都有許多不同的樣子，但他更想看到虛張聲勢嚇唬他的小麻，而不是眼前這樣的小麻，於是，他垂下頭看著自己的鞋子。

「李知宵，你擅長冰凍，能不能暫時留下來看門？我們很快就會回來。」雀耳說。

「好的。」知宵抬起頭來說。

雀耳抱起小麻，正在離開，真真說：「等一下！為什麼鳥兒的叫聲會在今晚出現呢？你知道小麻要去月湖公園尋找記憶，故意用叫聲阻止他，對不對？」

「月湖公園嗎？我聽說過那個湖，但不會盲目相信它的力量。」雀耳說，「如果我真能控制那鳥兒的叫聲，絕對不會讓它在忙亂的今晚出現。」

不等真真說什麼，雀耳便離開了。她走得很快，不一會兒就消失了蹤影。真真氣呼呼的說：「不趕走小麻腦子裡的聲音，他就永遠無法得到自由！」

「如果雀耳說的是實話呢？」沈碧波說。

真真使勁搖搖頭，否定了這種可能性，又說：「小麻到底在害怕什麼呀？」

「小麻說他很依賴雀耳，或許他害怕與雀耳分離，並不打算找到記憶。」知宵說。

真真看著知宵，想了想，然後點點頭，認可了知宵的猜測。他們可以理解小麻的想法，但是無法認同。

「就跟火光獸一樣，小麻需要的是勇氣。」沈碧波說，「不知道仙路裡會不會有一種果子，能給小麻一些勇氣呢？」

「我們要想辦法幫他。」真真說。

三個好朋友一邊看守房門，一邊商量著應該怎麼幫助小麻。結果等到小麻與雀耳領著醫生回來時，他們依然毫無頭緒。他們很擔心這些火光獸的安全，但是天色不早了，明天是星期一，要上學，只好先離開。

知宵躺在床上翻來覆去，過了好久才睡著。他睡得很不安穩，被一堆奇奇怪怪的夢纏住了。深夜裡，小麻聯絡真真，告訴她那些火光獸並沒有大礙。他們的體溫太高，雀耳凍了凍他們反而是歪打正著，讓他們的情況沒有繼續惡化，所以，只需要休息幾天就會恢復正常。

金燈也回到原來的家中休息了，他更虛弱一些，一直處於昏迷狀態，不時的還會說幾句夢話，但是體溫正慢慢上升，也沒有生命危險。

真真打電話給知宵，轉達了小麻的話。知宵那顆懸著的心終於落下來，沉沉的睡了。

第二天早晨，三個好朋友早早出門，去仙路裡探望那些火光獸。火光獸正在花園裡玩耍，身體不再脹鼓鼓的，雖然腳步還不太穩，偶而會飛起來，不過飛得並不高。或許是昨晚他們一直噴火，所以現在毛色異常黯淡。

「非常抱歉，我不該提議讓你們吃小『草莓』的。」知宵說，「我們也不該摘小『草莓』送給你們。」

「我們吃了你們留下的小『草莓』，依然很難過。一開始我們以為是吃得太少，所以勇氣不足，就找了更多小『草莓』，不停吃啊吃，直到肚子都快撐破了，依然毫無用處。」一隻火光獸說，「再大的勇氣也無法戰勝悲傷啊。」

「對不起。」真真也忍不住說。

「現在雀耳禁止我們吃那種果子。如果我們是在吃了小『草莓』後挑戰她，哪怕我們贏了，她也不會承認。」另一隻火光獸說，「我們不怪你們，這一切都是雀耳的陰謀。雀耳向我們施了法術，讓我們飄起來，再嫁禍給仙路裡的小『草莓』，這樣她就能剝奪仙路送給我們的禮物！」

知宵有不同的想法，說：「你們以前不是也經常因為吃仙路裡的果子而出問題嗎？」

「沒錯，這些過往也給雀耳提供了方便。我們才不會輕易屈服呢！」那隻火光獸繼續說。

知宵依然不認同那隻火光獸的猜測，反正這些火光獸總是如此。他又不像金燈那樣喜歡雀耳，沒必要繼續為雀耳說好話。

「雀耳說我們最近吃得太撐了，還罰我們三個月內不能吃任何東西，也不能喝水。她這是想餓死我們！」又一隻火光獸說。

「我剛才想吃點兒草葉子，剛一扔進嘴裡就感覺像是吞了一塊冰，哎呀！差點就死了！」

「你們真的會餓死嗎？」沈碧波有些不相信的問道。

「嗯，這倒不會，我們一年不吃東西也能好好活著，但是，沒有食物的話，該怎麼安慰嘴巴呢？它會不會懷疑自己存在的意義呢？」

其他火光獸紛紛附和，看來果子的效力還沒有完全消失，他們依然處於亢奮狀態。知宵問起金燈的情況，那隻火光獸有些不高興的說：「他還沒清醒過來，但是他現在擺脫了那個名字，所以別再用『金燈』稱呼他！他回到我們身邊了。」

「他之前說過那些過分的話，你們一點兒也不生氣嗎？」真真問道。

「為什麼要生氣呢？」那隻火光獸一本正經的說，「某天你的鼻子一定要飛走，去過自己的生活，還把你的生活貶得一無是處，現在你的鼻子想回來，你會拒絕接納它嗎？過去的就過去了。」

「自從他有了名字，我們便有了隔閡。那時我們感覺自己缺失了一部分，現在我們終於又完整了！我有一種預感，這一次我們一定能找到正確的形狀！」

這些火光獸又開始親暱的碰臉頰，歡呼、跳躍。等到他們冷靜下來，沈碧波問道：「金燈說過的關於我們三個人的話，你們依然相信嗎？」

所有火光獸不約而同的搖搖頭。一隻火光獸走上前來，說：「我們相信你們的善意。那天我們願意讓你們當保鏢，不僅因為知宵有冰凍能力，或許也因為我們感受到你們不會傷害我們，我們相信當時的直覺與判斷。」

知宵、真真和沈碧波忍不住笑了起來。知宵感覺自己那顆懸著的心終於落了下來，原來被全心全意信任，會是如此愉快的一件事。與這些火光獸相處的時間越長，知宵越感覺無拘無束，於是乾脆躺在草地上。有些火光獸也在知宵身邊躺下，打了幾個滾兒，知宵也跟著打滾兒。他恨不得自己也長出一條長長的尾巴，好像這樣才能表達心中的喜悅。

時間不早了，三個人和這些火光獸道別，趕著去學校。欣喜之餘，知宵不禁有些擔憂，說：「這些火光獸的決心是小『草莓』給的，等到小『草莓』的效力完全消失，他們會不會變成原來的樣子呢？」

「應該會吧！雀耳已經禁止他們吃小『草莓』，憑他們的膽量，恐怕根本無法戰勝雀耳，這可怎麼辦？」真真說，「我也希望一切都是雀耳的陰謀，但是感覺又不像。唉！」

「我一直都不認為這些火光獸能打敗雀耳，可是不知為什麼，又很想幫他們嘗試一下。」沈碧波說，「如果他們無法打敗雀耳，我們就繼續完成霸下的囑託吧！我們一定能找到一個好辦法，讓雀耳與這些火光獸和平共處！」

知宵並不像沈碧波那麼自信，但是他也贊同沈碧波的想法。

接下來的幾天，三個好朋友依然每天去探望這些火光獸。隨著時間流逝，這些火光獸漸漸恢復原狀，勇氣也慢慢消失了，不過他們依然渴望戰勝雀耳。知宵高興極了：這些火光獸應該變得比以前更加勇敢，或許不再需要小「草莓」的幫助了。

星期四下午，曾經擁有名字的那隻火光獸終於清醒過來。跟同伴相比，他散發出來的光芒依然微弱。知宵摸了摸他的腦袋，發現他的體溫已經恢復正常。

「名字真可怕。」這隻火光獸說，「雖然它帶給我非常有趣的體驗，我卻再也不想經歷第二次。」

「太好了！」知宵說。不知為什麼，他的心裡有些難過。金燈曾經短暫的存在，如今卻有如浪花融入海洋中，再也找不到了。金燈曾經為大家帶來許多歡樂，知宵感覺像是失去了一個朋友。

「你依然感激雀耳嗎？」沈碧波問道。

這隻火光獸搖搖頭，說：「她在我身上進行了非常殘酷的實驗，我無法原諒她。那個約定還有效，我們依然想趕走雀耳。告訴你們一個好消息，我們找到正確的形狀了！」

「真的嗎？什麼樣的形狀？」知宵問道。

「因為缺少了一個同伴，所有的形狀都是不正確的！」一隻火光獸說。

「是的，我們剛才試了試再次合體，甚至還沒變出一個穩定的形狀，心裡便有一種感覺，這次一切都是對的，再也不用擔心，不用尋找。」另一隻火光獸說，

「我們已經準備好要再一次向雀耳挑戰。希望你們和我們一起去，做個見證！」

第十四章

過度繁榮的仙路

火光獸很快再次合體，變成一隻巨大的火光獸。大火光獸用尾巴纏住知宵、真真和沈碧波，將他們放在自己背上。大火光獸的背上毛茸茸的，非常溫暖，知宵伸手摸了又摸，感覺不出一隻火光獸與另一隻火光獸間的界限，彷彿這大火光獸本來就完整存在著。知宵感覺這一次的大火光獸確實與以前的不一樣，不禁對他們生出一些信心。

大火光獸在仙路裡快速奔跑，引來的風圍繞在知宵身邊，將他的鬈髮吹得更加蓬鬆。不久，大家來到雀耳家門外，大火光獸又用尾巴纏住三個孩子，將他們輕輕放在地上。

知宵上前去敲了敲門。房門很快打開，雀耳出現在大家面前。她看到知宵身後的大火光獸，嘆了一口氣，說：「你們又來了嗎？」

「這次我們一定能戰勝！」所有火光獸的聲音像往常一樣重疊在一起，使得每一個字聽起來都異常飽滿、圓潤。

「你們哪次不是這樣說的？」雀耳冷笑一聲走出來，小麻也跟在她的後面。她關上房門，示意三個孩子到旁邊待著，免得被誤傷。像往常一樣，雀耳並不主動攻擊，只是隨意的站在原地，等待大火光獸出招。

大火光獸甩甩尾巴，朝雀耳猛衝過去，速度比往常快得多。知宵隱約看到有火光迸濺出來，知道大火光獸此刻的體溫一定很高，或許這次也能像前幾天那樣噴出火來。

雀耳迅速向旁邊閃去，大火光獸的速度也很快，竟然預測出雀耳的行動，擋在她面前。雀耳朝另一側躲避，大火光獸的腦袋又立刻轉過去。這樣來來回回好幾次，雀耳並沒有占上風。她輕輕躍起，一腳踩在大火光獸的頭頂，奔向大火光獸的尾部。

大火光獸的尾巴在空中搖晃，傳來呼呼的聲響，似乎很有力量。那條長長的、異常靈活的尾巴想抓住雀耳，碰到了她的腳。雀耳的身體異常輕盈，她又一次躍向空中，掙脫了尾巴，然後落在大火光獸身後。這難不倒大火光獸！大火光獸靈巧的轉過身來，再一次與雀耳四目相對。

「你們總算有進步了，這樣才好玩嘛！」雀耳笑著說，「這下我要比前幾次與你們決鬥時更加認真了。」

仙路裡並沒有風，雀耳的頭髮卻朝著四面伸展、飛舞，看似在替總是冷靜、淡漠的她表達心中的興奮與喜悅。接著，雀耳伸出雙手活動十根手指，知宵一看就知道她又要釋放藤蔓了。大火光獸也察覺到了，馬上弓起身子，腦袋貼在地上，準備反擊。

這時，雀耳突然快步衝向前方，抱住了大火光獸那毛茸茸的腦袋。大火光獸發出痛苦的叫聲，身上的毛都豎了起來，光芒瞬間變得黯淡。

「她在用冰凍的能力對付他們！」沈碧波說。

「沒錯。拜託，拜託，你們一定要堅持下去！」真真說。

知宵也擔心這些火光獸隨時會鬆開彼此的尾巴，潰散開去，不由得在原地直跺腳。很快，大火光獸的呻吟聲平息下來，毛色又恢復了一些光彩。他使勁晃動腦袋想擺脫雀耳，但是沒有效果。

於是大火光獸伸出兩隻前爪抓住雀耳，想把雀耳扯下來，雀耳像是在大火光獸身上生了根一樣，一動也不動。大火光獸不再白費力氣，但也沒有鬆開爪子，他的身體正在迅速變形。

「糟糕，大火光獸要散開啦！」知宵忍不住叫道。

「別放棄，你們沒問題的！」真真大喊，急得快要跳起來。

這些火光獸並沒有散開，他們有如一團沒有固定形狀的岩漿，正緩緩流動，一點點包裹雀耳。雀耳很快便發覺不對勁，想要掙脫這些火光獸的包圍，但她像是陷進了沼澤，越是掙扎，越是往下沉，眼看這些火光獸就要淹沒她的下巴了。

雀耳發出輕輕的呻吟聲，然後化成一道光逃出來，落在不遠處，重新變回本來的模樣。

「熱死了，你們要將我烤熟嗎？」雀耳抱怨著，她那白皙的皮膚變得紅通通的。

「你們真厲害！」知宵忍不住說。雀耳轉頭瞪了知宵一眼，嚇得知宵趕緊垂下腦袋。

這些火光獸也很滿意他們的戰術，全都哈哈大笑起來，笑容像波紋一樣朝遠處蔓延，霎時知宵還以為所有仙路都在大笑。雀耳有些氣急敗壞，她深吸了一口氣，讓自己變得像往常那麼平靜，然後緩緩舉起雙手。

說時遲，那時快，藤蔓就像靈敏、兇惡的小蛇，從雀耳的指尖裡冒出來，游向大火光獸，很快便纏住了大火光獸的四肢和尾巴。大火光獸拚命掙扎，扯斷了幾根藤蔓，但是從雀耳手指中冒出來的藤蔓有好幾十條，損傷並不大。

大火光獸比單隻的火光獸冷靜得多，並沒有因此慌張。他很快便放棄掙扎，張大嘴巴吐出一口氣，變成了一條長長的蛇，與那些藤蔓糾纏在一起。紅色一點點滲進綠色之中，長蛇也漸漸逼近操縱藤蔓的雀耳。

當紅色長蛇快要到達雀耳的右手時，她猛然收回所有藤蔓，將左手的食指放在額頭上，迅速朝下方移動，經過鼻尖、嘴唇到達下巴，接著，一道光從她眼睛裡閃過。雀耳伸手抓住蛇形火光獸的腦袋，蛇形火光獸想用尾巴纏住她的雙腿，又被她一把抓住。

在知宵看來，此時的蛇形火光獸就像一條無生氣的繩子，任由雀耳操控。雀耳的雙手異常靈巧，彷彿會施展魔法，只是簡單動了幾下，便將蛇形火光獸綁成了麻花的形狀。

幸好合體火光獸的身體可以隨意變換形狀，他們迅速改變形狀，變成一頭兇猛的雄獅。獅子猛撲上去，一口咬住雀耳的肩膀。

雀耳再次發出呻吟聲，伸手扯住「獅子」的尾巴，拽著它不停轉圈。這些合體的火光獸依然不斷改變形狀，不過，無論變成什麼樣子，他們都無法擺脫雀耳的雙手。

雀耳在原地不停轉圈，髮色也在不停變換，由於速度太快，知宵甚至無法看清她的臉。他感覺雀耳的髮色改變後，彷彿變得與之前不一樣了。她的力量似乎更強，這些火光獸看上去已無力招架。知宵不禁握緊了拳頭，目不轉睛的望著眼前的一切，心裡默默為這些火光獸打氣。

就在這時，這些火光獸的身體裡傳出輕盈的歌聲。平常合體後，哪怕所有火光獸異口同聲說話，也能聽出不一致的地方，但是這次知宵只聽到一個聲音，他不確定是所有火光獸的聲音也合為一體了，還是只有某一隻火光獸在唱歌。

知宵聽過許多妖怪唱歌，例如，有名的歌唱家傷魂鳥唱過一首非常悲傷的歌曲，聽完後，知宵好多天都沒有回復精神。當時正值暑假，每天陽光燦爛，可是，知宵卻覺得討厭極了，他認為全世界都應該被傷魂鳥的歌聲感動，全世界都應該下大雨。

火光獸的歌與傷魂鳥的歌截然不同。知宵聽不懂唱的是些什麼，只感覺有一隻隻小動物的腳從他心上踩過，輕輕的踩過，留下圓圓的腳印，而且從那些腳印裡，滲出生機勃勃的喜悅。那是一種生長的力量，知宵感覺到骨頭跟著旋律發出聲響，他想要不停長高，像一株植物那樣生長，直到能夠摸到天空中的雲。

雀耳也安靜下來凝神傾聽歌聲，她的頭髮迅速變回紫紅色。合體的火光獸已經變成水牛的模樣，昂首站在雀耳面前，專心唱歌。一場打鬥突然中止，變成了音樂會現場。

這時，知宵聽到一聲沉重的嘆息，發現那是小麻發出來的。小麻趴在地上，閉著眼睛，應該也在認真欣賞歌曲。這時，知宵看到腳邊長出一些蘑菇一樣的植物，正散發出淡黃色的光芒。其他地方也有許多奇形怪狀的植物冒出來，五彩斑斕，在歌聲中輕輕搖晃。

「一定是歌聲鑽進仙路裡，變成植物長出來了！」知宵忍不住這麼想。

歌聲不止不息，依然歡快。「大水牛」突然朝雀耳猛衝過去，趁她不注意，一頭撞飛了她。雀耳像一片輕飄飄的羽毛，飛向仙路的盡頭。

小麻嚇得全身激靈，從地上跳起來，大叫道：「雀耳！」說著，他加速奔向雀耳消失的方向。

「大水牛」繼續唱歌，甚至像喝醉酒似的跳起舞來。地上與牆上的植物受到歌聲指引，繼續生長。知宵、真真和沈碧波可沒辦法繼續專心當聽眾，他們只是你看看我、我看看你，不太明白眼前到底是怎麼一回事。

「這些火光獸打敗雀耳了嗎？」沈碧波說。

「應該是吧！」真真說。

「好像有些不對勁。」知宵說。

這首歌不過唱了幾分鐘，仙路中的植物竟然從無到有，有些甚至長得比知宵還高，而且還在持續生長。不但這樣，仙路又一次變得沉悶，讓知宵有些喘不過氣來。

三個人想了想，立刻跑到「大水牛」身邊，希望他們停止唱歌，「大水牛」根本不聽，依然不停跳舞，還差點將三個孩子撞翻。

忽然，一團淺紅色的光芒從知宵眼前掠過，又消失在仙路的另一端，似乎還帶著花兒的香氣。小麻很快奔了過來，說：「那是雀耳，真真，你跑得快，請幫我捉住她！」

那團光飛得很快，小麻不敢停下來，繼續追趕。真真想也沒想便跟在小麻身後奔跑。

歌聲依然沒停，植物瘋狂生長。知宵看準一個空隙，伸手抓住了牛角，大聲說：「別唱了，仙路的情況很不好！」

知宵讓雙手稍微降溫，希望能吸引「大水牛」的注意。「大水牛」依然不想聽他的提醒，使勁晃動腦袋，將知宵扔進了草叢。知宵爬起來，看到好幾團黑色的「章魚」正朝這邊靠近。這些「章魚」的個頭更大，觸手也更長，看起來更加兇惡。

「大水牛」也注意到了這些可怕的對手，但並不像往常那樣恐懼。終於，「大水牛」不再唱歌，而是衝上前去，將「章魚」吞進肚子裡。

更多黑色「章魚」從仙路兩湧來，像是準備去參加一場集會。它們對知宵和沈碧波毫無興趣，反而是伸出長長的觸手，直奔「大水牛」而去。「大水牛」變成一隻「癩蛤蟆」，張大嘴巴不斷吞吃「章魚」，但「章魚」的數量太多，癩蛤蟆很快便招架不住，吐出一隻吞沒了一半的「章魚」，哇哇大叫起來，又四散成一隻又一隻小火光獸。

這些火光獸像往常一樣膽小，哇哇大叫起來，抱頭鼠竄。「章魚」的觸手不停捲起這些火光獸，緊緊纏繞住他們。沈碧波最近幾乎天天穿著偽裝成夾克的羽衣，他二話不說就化成了五彩斑斕的姑獲鳥，並以鋒利的爪子與尖利的嘴，在空中撕扯黑色「章魚」，拯救被捕獲的火光獸。

知宵在地面行動，用他那快要結冰的雙手，不停抓住那些黑色「章魚」。無論它們有多麼猖狂，只要碰到知宵的手，馬上喪失所有戰鬥力。然而，它們依然滑溜溜的，彷彿鼻涕蟲，這讓知宵起了一身雞皮疙瘩。

「大家別害怕，不要到處亂跑，都到我的身邊來！」知宵大聲說。

「快到我們這邊來，我們會保護你們！」沈碧波也在半空中大吼。

兩個人說了好幾次，這些火光獸終於冷靜下來，來到他們身邊。

歌聲停止後，植物也不再繼續生長。由於它們也害怕低溫，為了更快消滅「章魚」，知宵讓自己的體溫變得很低，不僅是雙手，整個身體也迅速變得冷冰冰的。那些碰到他的植物都像被蜜蜂螫傷一樣的縮起來，這也幫大家開闢了一條前行的路。

「你們要去哪兒？」知宵問道。

「我們要回家躲起來！」一隻火光獸高聲回答，其他火光獸紛紛贊同。

知宵走在最前面為這些火光獸帶路，沈碧波負責斷後。其他仙路上也長出許多植物，也有許多飛舞的「章魚」，所有仙路似乎都因為歌聲中的生長力量，變得異常繁榮。

黑色「章魚」動作笨拙，戰鬥力並不強，但是它們不時的會捲走幾隻火光獸。有的火光獸能夠咬斷觸手重獲自由，但是，剛才與雀耳一戰消耗了太多力量，大多數火光獸毫無還手之力。為了將這些火光獸救下來，知宵和沈碧波花費了不少工夫。

大家終於來到火光獸的花園裡。這裡的植物也比別處茂盛，已經將花園淹沒了。知宵只好撞進植物叢中，不停拳打腳踢，凍傷植物，開闢道路。

這些火光獸的家離花園不遠，但是到達那裡時，他們都快要筋疲力盡了。他們急急忙忙鑽進門裡，很快又哇哇大叫著跑出來，後面還跟著幾隻黑色「章魚」。知宵趕緊將這些「章魚」捏死，救出被捲走的火光獸，不過，有些「章魚」躲在矮小的過道裡，知宵鑽不進去，無能為力。他從小門裡鑽出來，說：「這個家也不安全，我們還是去客棧吧！」

「不行！不行！」一隻火光獸說。

「那就去最近的仙境？」沈碧波說。

「不要！不要！」

「仙路之外的地方都太可怕了！」

所有火光獸都表示反對。知宵說：「別擔心，上次金燈去了高石沼好多天，也沒有出事呀！」

「那時候他有一個名字，我們又沒有名字！」又有火光獸說。

無論知宵與沈碧波如何勸說，這些火光獸都不願意離開仙路。

「那麼，你們能不能幫忙對付這些『章魚』呢？」沈碧波問道。

「唱完那首歌後，我們已經沒有力氣了。」一隻火光獸說，「我們連有力氣的時候也害怕它們啊！」

沈碧波這時重新化成人類男孩的模樣，他拿出手機撥打仲介公司的電話。仙路裡信號不太好，他試了三次終於成功，並向茶來簡單描述了仙路裡的狀況。掛斷電話後，他對知宵說：「茶來已經發現仙路裡的異常，也聯繫霸下大人了，我們再堅持一下！真真、小麻還有你家的房客也跑進來幫忙了。歌聲一停，應該沒有新的『章魚』產生了吧？我們就將飛過來的所有『章魚』全部消滅吧！」

兩個男孩抖擻精神，繼續與黑色「章魚」周旋。所有火光獸都躲在他們身後，緊緊依偎，將尾巴交纏在一起，互相安慰。他們確實疲憊至極，有幾隻火光獸甚至打起哈欠來。睡意也會傳染，許多火光獸開始打哈欠。哪怕眼前情況危急，不時會有黑色「章魚」抓走一隻或是兩隻同伴，這些火光獸還是忍不住打起瞌睡來。

黑色「章魚」依然執著於抓捕火光獸，源源不斷的飛過來。不久，知宵與沈碧波便感覺力不從心，隨時就能睡過去。知宵不敢讓自己倒地，他覺得自己渾身異常冰冷，根本是一個活動中的雪人，如果砰然倒地，他一定會摔得粉碎。

不知為什麼，仙路中突然刮起猛烈的風。平常的日子裡，仙路偶而也會吹起微風，不過知宵從未遇見過刮大風。那陣風捲走了飛舞的黑色「章魚」與奇怪的植物，卻彷彿有意識似的，並沒有吹倒知宵或沈碧波，而是溫柔的繞過他們。知宵回頭看了看那些火光獸，他們也安穩的躺在地上，只有毛髮輕輕晃動。

大風像吸塵器般捲走了所有植物，仙路裡變得空空蕩蕩。終於可以稍微休息一下，知宵舒了一口氣，看到霸下微笑著朝這邊走來。

「霸下大人！」知宵忍不住叫道。

「怎麼樣，一切還好嗎？」霸下問道。

「很不好。」沈碧波說，「仙路裡到處都是植物與黑色『章魚』，雀耳變成了一團光，現在真真正在追趕她。」

霸下不禁皺緊了眉頭，說：「我明白了。茶來和客棧的房客們正在各處消滅黑色『章魚』，應該很快會找過來。你們倆做得很好，辛苦了。仙路裡的空氣非常沉悶，我都覺得有些不舒服，之後就讓茶來留在這些火光獸身邊，你們先回客棧休息吧！」

霸下親切的拍了拍知肖與沈碧波的肩膀。知宵感覺到霸下將力量灌進了他的身體裡。霸下離開不久，茶來和曲江便率先到達。曲江唱了幾句異常難聽的歌，從他的拐杖裡飛出一隻巨大的半透明山羊，一口將知宵和沈碧波吞進肚子裡。

半透明山羊邁著輕盈的步伐奔跑，帶著兩個孩子回客棧。知宵疲憊至極，知道自己安全了，也做了力所能及之事，便安心的閉著眼睛休息。山羊還沒跑出仙路，知宵已睡著了。

不知過了多久，知宵被柯立叫醒。他依然睡意十足，有些不高興的瞪了柯立一眼。沈碧波似乎也和知宵一樣，看起來很不高興。柯立並不在意兩個男孩的小脾氣，分別端給他們熱呼呼的湯，讓他們馬上喝下去。知宵依然渾身冰冷，又很口渴，趕緊將熱湯一飲而盡。可是他並沒有覺得身體變得溫暖起來，反倒是那碗湯瞬間便被他的體溫影響，變成了冰水。

「怎麼樣，你感覺好些了嗎？」柯立問道。

知宵搖搖頭，正想倒頭睡下，又被柯立攔住了。他抓住知宵的手，似乎想分給他一些體溫。這時沈碧波清醒多了，他看看知宵的腦袋，說：「你的白頭髮好像越來越多了。」

「沒有全白嗎？太好了！我還以為全都白了。」知宵不禁鬆了一口氣。

螃蟹精轟隆隆也來了，他緊緊摟著知宵，要給他更多的溫暖。知宵覺得自己有如一塊沒有生命的石頭，房客們的溫暖只能讓他的表面變得暖和，無法傳遞到他的身體內部。過了半個小時，知宵還沒恢復正常，柯立擔心極了，跑進仙路去叫回曲江。

曲江在知宵的身上摸了又摸，表情越來越嚴肅。他是客棧裡最年長的房客，經驗最豐富，知宵向來很依賴他。看到曲江的表情，知宵的心情也變得沉重起來。

「我會不會沒辦法恢復正常了？」知宵問道，「我會不會一直降溫，最後變成雪人？」

去年夏天，嘲風對他說過，如果他無法學會控制自己的能力，他的能力便會控制他。那麼，他遲早有一天會變成雪人，在春天裡融化、消失。

「知宵，別太擔心。我告訴過你很多次，不要太相信嘲風大人的話，或許她只是隨口說說。如果你真的有生命危險，章老闆不會一聲不吭。」

說著，曲江也握住知宵的手，那雙滾燙的手源源不斷的將熱量傳到知宵手中。這時，白若也飛過來趴在知宵頭頂，就像一頂溫暖的帽子。他們傳輸的並不僅僅是體溫，還有力量。有了大家的幫忙，知宵的身體終於漸漸暖和起來。

「好像差不多了。」曲江說。

知宵鬆了一口氣，突然感覺渾身疲憊，癱倒在沙發上，閉上眼睛繼續睡覺。他很快便跌入色彩斑斕的夢境中，還看到一大群藍色的海豚。知宵常常在夢裡見到這些海豚，像是舊友重逢，讓他滿心歡喜。這一次他也變成了海豚，跟著魚群在異常明亮的海裡游來游去，慢慢游向那掉落在海底的月亮。月亮為什麼掉落海底？夢裡的知宵可沒空思索這樣的問題，他只想游到月亮旁邊去，彷彿那樣便能永遠快樂與幸福。

又不知過了多久，不知是誰狠狠撞了知宵的腰，他驚醒了過來。大廳裡只有他一個人，四周很安靜，彷彿可以聽到茶几上的盆栽生長的聲音。知宵瞪大眼睛看了看盆栽，確定它沒像仙路裡的植物那樣迅速長高才鬆了一口氣。知宵又看看四周，感覺自己像是突然被拋入這個世界，本來熟悉的一切竟然顯得那麼陌生。他睡了多久呢？一個世紀嗎？

知宵從沙發上站起來，感覺渾身無力，骨頭隱隱作痛。他在大廳裡走來走去，又去中庭小花園轉了一圈，看了看生機勃勃的花草，這才重新熟悉自己，回想起睡覺前發生的一切。

知宵從中庭回到大廳，看到小麻正奔向客棧正門，便出聲和他打招呼。小麻沒有理會知宵，繼續奔跑。知宵感覺小麻有些不對勁，便追了過去。可是他雙腿發軟，剛跑到大廳門外，來到走廊上，便再也沒有力氣了，他趕緊伸手扶住牆才沒有跌倒。知宵朝窗外張望，已經看不到小麻的身影了。

氣喘吁吁的知宵回到沙發上休息。不久，轟隆隆來了，他告訴知宵，房客們都在仙路裡幫霸下的忙，沈碧波醒來後也去了仙路。知宵也想去看看，但實在沒力氣，只好作罷，繼續躺在沙發上。

迷迷糊糊的，知宵又睡著了，等到他再次被吵醒時，便看到了霸下，他懷抱著昏迷的雀耳。此時雀耳恢復了本來的模樣，不再是一團光，但是她的頭髮又變成黑色了。雖然也很漂亮，知宵總覺得黑色太過沉重，還是紫紅色更適合她。

真真就在霸下旁邊，她頭髮淩亂，臉上還有一道血痕，但雙眼還是亮晶晶的。她一眼就看到知宵，興沖沖的跑過來說：「我抓到她了，沒想到我跑得比自己想的還要快！」

第十五章

霸下的行動

霸下先將雀耳安頓在客棧裡，又囑咐房客們幫忙照顧她，如果雀耳有什麼突發狀況，一定要盡快通知他。然後，霸下立刻轉頭回到仙路裡，繼續清理那些植物與黑色「章魚」。

真真喝了一杯水，向知宵講起在仙路裡如何抓捕雀耳。雖然雀耳變成了一團光，卻是可以摸得著的，像是摸著一片羽毛。最困難的是抓到雀耳後，真真和小麻都不清楚該怎麼讓她從一團光變回本來的樣子。

「也不知道那些火光獸使了什麼法術，竟然能把雀耳重傷成那樣！」真真忍不住感嘆道，「霸下找到我們的時候，也花了不少工夫才破解火光獸的法術，讓雀耳恢復原形。對了，你有沒有看到小麻？剛才他明明還和我們走在一起，可是突然有些不對勁的跑開了，叫也叫不住。」

知宵講起剛才遇到小麻的事，又說：「我也覺得他有些古怪。」

真真沒說什麼，緊緊皺起眉頭。房客們陸陸續續回到客棧裡，是霸下讓他們回來的。知宵從大家口中得知，霸下將那些火光獸的家清理了一遍，這樣一來，那些火光獸就能回家休息。

他們一直睡得很沉，看來今天都累壞了。沈碧波不太放心，並沒有跟房客們一起回來，而是守在他們旁邊。

「我們也去火光獸家裡看看吧！」真真說。

知宵欣然同意，與真真一起走進仙路。一路上，知宵根本見不到奇怪的植物或黑色「章魚」，它們應該都被霸下消滅了。他們順利爬進火光獸的家裡，與沈碧波一起，三個人像上次那樣背靠背坐著。

那些火光獸已經醒了，雖然不像往常那樣活潑、機敏，看上去也不怎麼虛弱。看到真真和知宵也來了，他們紛紛離開自己的房間，圍在三個孩子身邊，尾巴不安的晃動著。

「雀耳好像傷得很嚴重，是嗎？到底有多嚴重？她清醒過來了嗎？」一隻火光獸問道。

知宵便講了剛才在客棧裡見到雀耳時的情景。聽完後，所有火光獸嘆了一口氣。又有一隻火光獸說：「糟糕，糟糕，霸下一定很生氣，他說不定會毀掉仙路，為雀耳出氣。其實我們早就醒了，仙路很不穩定，我們想睡也睡不著，但是我們不敢睜開眼睛，害怕霸下一掌將我們拍扁，他的力氣可大了。」

「哈哈哈！我就知道你們在裝睡！」霸下的聲音突然從門外傳來，這些火光獸嚇得四處亂跑。

霸下將腦袋伸了進來，看了看這大廳根本容不下他，便沒再往裡面爬。這些火光獸看到霸下的臉，突然就安靜了下來，不再尖叫。

「你們啊，你們，對這三個孩子胡說什麼呢！」霸下無奈的說，「我確實力氣很大，只要我願意，甚至能把蝸吻拍成肉餅。但是，我以前向你們動用過武力嗎？別把我說得那麼壞！你們還好嗎？有沒有感覺哪裡不舒服？」

這些火光獸面面相覷，都覺得有些不舒服，但誰也無法弄清楚到底是哪裡不舒服。

「這也很正常，你們是從仙路裡誕生的精靈，又從來沒有離開過這裡（金燈除外），仙路出現異常，你們一定也會受到影響。」霸下說，「現在你們的家是安全的，但是你們要注意防備，別讓那些飛舞的雜草鑽進來。」

「我們會一直待在一起，您不用擔心。」一隻火光獸說。

「還有知宵、真真和波波呢！」另一隻火光獸說。

「哈哈哈哈！」霸下那爽朗的笑聲迴盪在大廳裡，「沒錯，小朋友們，麻煩你們暫且照顧一下更小的小朋友了。」

「霸下大人，雀耳的事……」火光獸又說。

霸下的表情變得嚴肅起來，說：「這是你們與她的約定，我不會隨意插手。你們成功打敗她了，恭喜！恭喜！話說，你們是用什麼法術把雀耳變成了一團光，又為什麼會唱起那麼一首歌？誰教你們的？」

那些火光獸你看看我、我看看你，誰也沒能找到答案，只好搖搖頭。最後，有一隻火光獸說：「我們合體後，好像就是別的什麼妖怪了，我們不知道為什麼會有那麼高的本領。那首歌也是突然從我們心底湧起，像一隻蚊子不停的叮咬我們，我們只能把它唱出來。」

「這樣嗎？真有意思。」霸下說，「那首歌讓仙境裡的植物大肆生長，彷彿是一首充滿生機的歌。可是飛舞的雜草也紛紛長出來了，而且它們好像對你們特別感興趣，想要毀滅你們。生機與毀滅的距離竟然這麼近，這仙路還有許多祕密啊！仙路好久都沒有出現這麼嚴重的動盪，這事兒應該由你們負責。」

霸下看著這些火光獸，臉上還帶著笑容，並不嚴厲。所有火光獸突然難過極了。

霸下又說：「前些天我就發覺不太對勁，似乎有什麼東西在蠢蠢欲動，應該就是那些雜草的種子正在等待機會發芽。你們的歌聲促使它們出現，也讓我們能將它們盡數消滅，現在雖然還是很不穩定，我已經沒有那種異樣的感覺了。你們這麼做也讓仙路早日恢復正常了。」

「現在不用繼續清除仙路了嗎？」知宵問道。

霸下搖搖頭，說：「不，還要繼續清除。我認同雀耳的結論，這兩百年來，仙路越來越頻繁的出現動盪，應該是仙路的數量太多了。最早的仙路是由我父親開闢的，用來溝通仙境與人類世界。以那條路為基礎，慢慢的，更多仙路出現，而且變成了一個生態系統，長出許多奇怪的植物，甚至孕育出火光獸這樣的精靈。當年我父親開闢第一條仙路時，恐怕沒想過它會變得如此有趣。如今這個系統負荷太重，需要簡化了。前些日子我想幫忙，但是被雀耳拒絕了。小麻應該暫時不會回來，我也不敢把雀耳獨自留在她的家裡，請你們一定要好好照顧她。」

「霸下大人，您知道小麻怎麼了嗎？」真真問道。

「你想要了解什麼？小麻的身世嗎？」

「是的。」真真點點頭。

「我不知道，也沒有刻意去打聽，不過我大概還是猜得到一些，只是並沒有那麼單純。這也是他與雀耳間的事，雀耳小的時候，我沒有盡到當父親的責任，怎麼好意思厚著臉皮，處處去干涉她的生活呢？我早就決定默默站在她的身後，在她遇到困難時，輕輕推她一把，不敢端著父親的架子。」

「我想幫小麻想辦法弄清楚這件事，您不會阻止吧？」真真又說。

「當然不會。我也感覺得出來，小麻最近心神不寧，似乎有什麼煩惱。真真，請盡你的力量幫助小麻吧！」

真真鄭重的點點頭。

接下來的日子，知宵、真真和沈碧波每天都會去仙路裡，看看一切進展如何。那首歌帶來的過度繁榮消退後，仙路的狀況非常糟糕。就算是沈碧波與真真，也無法在裡面待上半個小時，而知宵最多只能堅持十幾分鐘，所以他們總是很快就出來。

他們第四天到仙路裡時，聽霸下說，那些火光獸再度合體，幫他清除多餘的仙路，霸下還誇讚他們很能幹。那些火光獸終於願意承擔起守護家園的責任，這讓三個人非常高興。

「為了打倒雀耳，他們不知不覺成長了。」霸下說，「可是他們受仙路影響，身體與精神狀況都大不如前，沒辦法堅持太久，我也不希望他們硬撐。」

「準確的說，是因為那首歌，它彷彿讓我們蛻了一層皮，」一隻火光獸說，「哪怕我們想再回到以前的生活，也回不去了。」

「現在那首歌的碎片還在我們心裡，我們都只記得一些片段。」另一隻火光獸說，「那些碎片像一層膜包圍我們心中的火焰，我們再也不用擔心熄滅，所以就想要做更多的事。」

「你們合體後，不會想再次唱歌嗎？」真真問道。

這隻火光獸搖搖頭。合體後的火光獸與仙路一樣謎團重重，除了龍宮和白水鄉，知宵又對仙路充滿了興趣，想著等到考試結束、進入一個沒有作業的漫長暑假，他要一直待在仙路裡，直到他閉著眼睛也能找到每一條路。

小麻依然不見蹤影。真真一直四處尋找他，房客們有空時也會幫忙。但是小麻不在城裡，好像也沒去過月湖公園。他到底去了哪裡呢？他是那樣依賴、喜歡雀耳，現在雀耳昏迷不醒，他竟然忍心遠走？

這時，沈碧波突然回想起火光獸唱歌時，他感覺到小麻好像有些難受，因為當時他正聚精會神的聽歌，所以並沒有太在意。

「會不會是歌聲讓他突然想起什麼呢？」沈碧波說。

恐怕只有等到小麻出現時，一切才能弄明白。

到了第六天，雀耳終於甦醒過來。知宵、真真和沈碧波放學後去客棧探望她，但雀耳已經離開客棧，去了仙路中。

「她非常虛弱，彷彿隨時會碎掉一樣，我趕緊給她倒了一杯熱茶。她倒是很親切，沒有什麼架子，聲音也好聽。」轟隆隆說，「她很快就發現自己的頭髮變成了黑色，生氣極了，一定要去找霸下大人理論。」

三個好朋友也結伴去了仙路裡，呼喚火光獸幫忙帶路。仙路裡的空氣沒那麼沉悶了，知宵邊走邊下定決心，今天至少要在仙路裡待半個小時。

火光獸說，雀耳非常討厭黑色的頭髮。她認為顏色是有重量的，黑色太沉了，會壓得她的脖子難受。這就是雀耳怒氣沖沖離開客棧去找霸下的原因吧。

「雀耳對氣味、顏色和聲音都很敏感，」知宵說，「如果父親沒把我的力量封印起來，可能我也會變得和雀耳一樣。」

「不可能，你這麼遲鈍，永遠不可能。」真真說，「不僅是身體弱，更重要的是，雀耳愛斤斤計較。她可是霸下的女兒，是千金大小姐！」

「沒錯！」所有火光獸都大聲表示贊同。

霸下和雀耳都在火光獸的花園裡。前些天那些瘋狂生長的植物都被霸下清理乾淨了，但這裡並不是光禿禿的，又有新的植物生長出來。

雀耳的頭髮已經重新變成紫紅色，這種顏色確實更加適合她。頭髮恢復正常了，但她並不滿足，依然生氣的瞪著霸下。知宵感覺到了空氣中的緊張，又看那些火光獸畏畏縮縮的樣子，也不太敢上前搭話。

「快解開我身上的封印，我要自己清除多餘的仙路！」雀耳說著，呼哧、呼咻的喘氣。

「你真的沒問題嗎？」霸下溫和的回道，「你身體虛弱的時候，就不能控制頭髮的顏色。前幾天你幾乎處在崩潰的邊緣，我不得不封印住你的力量。你現在還想來清理仙路，是想死在這裡嗎？等你變得強壯一些，我自然會解除你的封印。」

「你有什麼權力封印我的力量？因為你是我的父親嗎？」雀耳深吸了一口氣，「我以前遇過更危急的情況，當時我多麼希望給了我力量的父親，能夠告訴我怎麼控制力量，可惜那時候你不在我身邊。我只好想辦法與自己戰鬥，而且一次次挺過來了，這次也一樣，不需要你操心。」

「當年是你母親不想讓我打擾你們的生活，而我又剛巧有很重要的事要去做。我沒想到你那麼快就長大了，總以為還有機會。」霸下悲傷的說，「我的那些兄弟姊妹，他們一直想要照顧你，你為什麼拒絕呢？」

「正因為他們是你的兄弟姊妹，我才不想和他們深入來往。現在說這些多沒意思，我不是小孩子了，也明白自己以前太過偏激。父親，我努力想與你保持友好的關係，請你不要以如此蠻橫的方式破壞它。」

雀耳的呼吸越來越急促，她乾脆坐在地上。霸下也盤腿坐下，說：「這對你來說太難了。」

「請你相信我。」雀耳認真的看著霸下。她的身體確實像隨時會破碎，但她的眼神堅定、充滿力量。霸下想了想，說：「我會解除封印。如果你無法堅持下去，一定要找我幫忙。」

雀耳點點頭。霸下拉住雀耳的左手，抹去了上面那一團暗紅色的印跡。雀耳輕輕嘆了一口氣，頭髮飛快的改變色彩。她似乎很難受，皺緊眉頭，伸出雙手抱著腦袋。

「你要繼續堅持嗎？」霸下問道。

「我沒問題。」雀耳從地上爬起來，準備離開這裡。那些火光獸畏畏縮縮的上前，和雀耳打招呼。雀耳又停下腳步，用有些發抖的聲音說：「你們贏了，贏得很漂亮，以前是我小看你們了。恭喜。」

雀耳繼續前行，昂首挺胸，並不像非常虛弱的樣子。知宵他們靜靜跟在後面，雀耳也不理會，只是一個勁兒往前走。不久，她便放慢了腳步，呼哧、呼哧喘起粗氣來。三個人這才靠近雀耳，問她是否需要幫助。

「不用，你們走吧！我不需要陪伴。」雀耳說。

「我們也不想和你一起走。」真真說，「我只是想問小麻的事。他失蹤好幾天了，你知道他會去哪裡嗎？」

雀耳突然笑了笑，說：「看來他終於決定弄明白了。」

「弄明白什麼？」真真問道。

「我為什麼要告訴你。」雀耳說，「我甚至不會告訴小麻，他只能自己回想起來。」

「你真是冷酷又無情，對待小麻如此，對待火光獸也如此。火光獸已經戰勝了你，小麻也一樣！」真真生氣的說。

「你以為我會因為被那些火光獸打敗而難過、憤怒嗎？我答應那個約定時，就等著他們打敗我了。不然，我為什麼會任由你們在仙路裡胡鬧？」雀耳說完，看了看知宵、真真和沈碧波。

「你想讓我們幫助那些火光獸？」沈碧波問道。

「那些火光獸突然合體，這是有趣的變化，我想看看他們會朝什麼方向發展。我不喜歡他們太過依賴你們，但他們一直需要有人引領，所以我只好忍耐。無法勝任這種角色的我，似乎更適合為他們製造障礙。前幾年，儘管我想讓他們變得獨立，但我根本不擅長與妖怪相處，更別說是這些難纏的火光獸了。我們的關係越來越僵，到了最近，其實我就快要束手無策，也很想放棄。我實在不太喜歡與誰打來打去，但如果我的阻撓能讓他們變得強大，何樂而不為？還有，你們以為我為什麼一定要親自去火光獸家裡查看？本來我想把這個任務交給小麻，又想到如果我去了，他們一定會非常生氣，而憤怒是一種很有用的能量。如今他們比以前更加能幹、勇敢，我的目的也就達到了，可以放心交出仙路管理權。太好了，我終於不用再繼續忍受他們製造的雜訊了。」

「真的是這樣嗎？」沈碧波問道。

「你們覺得呢？」雀耳又笑了起來，也不再那麼冷冰冰了。她加快腳步前行，很快便消失在知宵的視線裡。

三個人在後面慢慢走，思索著雀耳剛才說的那些話。

「原來是為了讓火光獸成長，雀耳才故意當反派的。」知宵說，「不僅是霸下大人，雀耳也在利用我們。」

「不可能！她才沒那麼好心！」真真說。

「知宵說得很有道理，但應該不是全部原因。雀耳可能本身就很喜歡折磨那些火光獸。」沈碧波說。

「我實在沒辦法喜歡她！」真真又說。

「她好像也不在乎我們是否喜歡她吧？」沈碧波說。

三個人說著話，很快便回到客棧。沒想到雀耳也在，她準備繼續住在這裡。知宵是客棧的老闆，當然要去和雀耳攀談兩句，歡迎她入住。房客們也都非常開心有新的房客到來。

真真有些不高興，說：「你不是喜歡安靜嗎？這家客棧每天都很吵，大家都是大嗓門！」

「我身體虛弱的時候，不能獨自待著，越熱鬧越好。還有，我一直喜歡住在不同的地方，對金月樓也很感興趣，應該抓住這個機會了解金月樓。」雀耳說，「對了，曲江，你還記得我們上次見面的情景嗎？」

大家都將目光轉向曲江。曲江點點頭，說：「上次我去探訪一座陰森森的荒宅，傳說那裡有可怕的怪物出現。我走進屋就發現那裡布滿法術，像是誰刻意布置的。我一時好奇，想要解開它們，後來真的僥倖解開了，才發現雀耳住在那裡。」

「那些法術只是為了對付人類，你能解開也不奇怪。」雀耳說，「對了，人類的世界裡不是流傳著許多可怕宅子的故事嗎？那些幾乎都是我的作品。當然，我也不會隨便住進一間屋子，我只喜歡跟我個性相投的房屋。」

「房子還有個性嗎？」知宵問道。

「當然有。」雀耳一本正經的說，「只是你們太粗心，沒能察覺到而已。要找到一個適合自己住的房子，就和找到一位伴侶一樣困難。有些人或妖怪，一生也沒那樣的好運。現在，我需要一些時間來了解你家的客棧。」

雀耳的口袋明明是癟的，但她伸手一摸，就從裡面掏出一顆蘋果般大小的珠子。那珠子潔白、光滑，像是剝了殼的雞蛋，但它是渾圓的。

雀耳在客棧裡看了看，然後，她將珠子擺在大廳的茶几上，說：「這就是我的探測儀。」

「它會怎麼探測？」知宵問道。

雀耳笑而不語。知宵、真真和沈碧波對將會發生的事都異常感興趣，決定今晚留在客棧裡睡覺。這時，雀耳忽然將目光轉向一邊，知宵也轉過頭，看到一隻火光獸畏畏縮縮的走來。

第十六章

雀耳的遊戲

火光獸彷彿仙路裡結出的果子，無法長久離開仙路，而且他們個性內斂，討厭見到陌生的妖怪。這隻火光獸畏畏縮縮的往前，每走出一步都像是踩在火炭上，異常艱難。雀耳並沒有上前，一直等他來到自己身邊。

「我還以為有了上次的經歷，自己能夠走得更輕鬆一些，沒有名字的保護果然不行。」這隻火光獸說。

「你曾經是金燈？」知宵問道。

「是的，最近仙路裡太糟糕了，空氣沉悶，大家的心情都不太好，我真想出門散散心，到仙境裡去玩一玩，我想走遍每一片仙境！雀耳，你能不能再把那個名字借給我使用一下呢？」

「你可能又會像上次那樣暈倒喲！」雀耳提醒道。

「沒關係，我願意冒險。我希望以後偶而也能是金燈。」

「前幾天你還說再也不想有第二次體驗。」沈碧波幽幽的說，「難道你是在說謊嗎？」

「還有，上次你說去高石沼的路上突然覺得心裡有什麼綳斷了，是不是還沒有復原呢？」知宵說。

「當然不是，雀耳拿掉我的名字後，我又成為大家的一部分，完全融入了群體中。可是我們唱過那首歌後，這個想法又出現了。成長突然到來，想攔也攔不住。」這隻火光獸說，「其實，大家聽我講了有名字後的經歷，好多都想試試看，但是他們現在還很害怕。所以我要再一次出門，看到更多美麗的景致，回來講給大家聽，給大家一些勇氣。」

「上次的實驗證明，名字就像人類的遮陽帽，會一路保護著你，但不能成為你的一部分。」雀耳說，「只要你們願意，我就可以把名字借給你和你的同伴。你過來吧！」

這隻火光獸乖乖上前，雀耳蹲下身，將手伸向他那圓圓的腦袋。

「你答應過霸下不能使用法力！」知宵大聲說。

「一個小法術而已，別擔心。」

雀耳伸出食指，在那隻火光獸的腦門上劃了好幾下。知宵看看火光獸的腦袋，又看看雀耳的頭髮，感覺她的髮色改變的速度似乎變快了。雀耳很快停下手中的動作，這隻火光獸的雙眼再次失去色彩，發出軟綿綿的叫聲，開始在地上打滾兒。他看起來並不好受，知宵、真真和沈碧波都圍過去，關切的詢問。

「沒關係，這是眩暈，我很快就會習慣了！」這隻火光獸說罷，繼續打滾兒，滾向通往仙路的那扇門。

知宵聽到一聲輕輕的嘆息，轉過身便看到雀耳一屁股坐在地上，似乎沒有力氣再站起來。三個人又回到雀耳的身邊，擔心起她的身體狀況來。

「我沒事。從小到大常常經歷這樣的情況，我也習慣了。」雀耳的目光掃過知宵、真真和沈碧波，嘴角突然牽起一縷笑容。「你們為什麼擔心我？你們不是很討厭我嗎？」

「霸下大人讓我們好好照顧你，這是沒辦法的事！」真真說，「我依然不認同你對待火光獸的方式，而且相信你一定對小麻做了非常可怕的事情。我一點兒也不喜歡你，但是，我可不會趁你虛弱時對你落井下石！」

「真像，怪不得小麻會喜歡你。」雀耳又說。

「像誰？」真真問道。

雀耳什麼也不肯說，從地上爬起來，獨自上樓去了。

吃過晚飯後，知宵、真真和沈碧波覺得肚子脹鼓鼓的，便去仙路裡散步。他們並沒有特別挑選路線，隨心所欲的亂走。如今他們與火光獸成了朋友，哪怕迷失方向，只要高聲呼喚火光獸，那些圓滾滾的小精靈就會跑來幫忙。

散步結束後，三個人回到客棧，發現大廳裡籠罩著淡藍色的光芒，那是雀耳的珠子散發出來的光芒，異常柔和、微弱，但非常漂亮，大家都圍繞在珠子旁邊，覺得心情平靜。

「這樣美好的時刻，應該唱一首歌啊！」曲江忍不住感嘆道。

房客們趕緊謝絕了曲江的好意，但曲江並不打算輕易放棄。幸好雀耳從樓上下來了，她一把抓起珠子，將它塞進口袋裡，說：「很好，我決定住下來了。」

「藍色的光芒代表合格嗎？」知宵問道。

「金色的光芒是最好的，藍色的也不錯，怪不得大家都稱讚金月樓。接下來我要選擇一個合適的房間。你們之前讓我住的那個房間太糟糕了，我再也不想踏進去！」

雀耳決定在每個房間都睡一會兒，再做出比較。天色不早了，知宵和朋友們道了晚安，便回房間休息。他感覺自己並沒有睡多久，就被雀耳叫醒了。知宵睜開雙眼，從床上坐起來。

「你先到別的房間去睡吧！現在我要來試試你的房間了。」雀耳說。

知宵揉了揉眼睛，跑到隔壁的房間躺下休息。然而大腦突然變得異常清醒，他毫無睡意。外面異常安靜，身邊沒有房客、朋友、同學、媽媽的陪伴，知宵不禁有些害怕。他感覺心靈深處某個隱蔽的角落，始終沒能變得暖和起來，彷彿真正結了冰。

知宵需要一些安慰，他想拿出韋老師送給他的海螺，聽聽海螺裡的聲音。可是海螺放在自己的房間裡，要不要去打擾雀耳呢？知宵在床上翻來覆去，思索半天，終於爬起來，敲響了自己房間的門。

得到雀耳的許可後，知宵進了屋，打開燈，輕手輕腳來到書桌前，拿出放在抽屜裡的海螺。他的目光無意間落在雀耳的腦袋上，發現了一些異常。

「你的頭髮變長了。」知宵小聲說。

「沒錯。不過沒關係，我可以應付的。我不會讓自己崩潰。」雀耳說。

知宵想了想，決定開口說出自己心頭的恐懼。身體虛弱的雀耳，個性變得隨和多了，哪怕自己不太舒服，還是耐心的聽知宵講完。

「我們是一樣的嘛！小老闆。」雀耳說。

「是啊！所以我想知道你平常的感受，你會害怕嗎？」

「現在還好，我年紀還小的時候，也像你一樣整天憂心忡忡。有一次，我突然變成隱形的了，花了好幾個月才重新顯現身形。我本來以為自己會消失，認真的與自己眷戀的一切道了別。從那之後我就勇敢多了。」雀耳轉頭看了知宵一眼，「你和那兩個孩子不一樣。那個小姑娘橫衝直撞，那個小男孩雖然沒那麼張揚，但也是一個意志堅定的人。和他們相比，你有些怯懦，不夠自信，我沒想到你一直與這樣的恐懼共存，不過，說不定你比他們倆更加堅強。我父親的那些兄弟姊妹給過我不少幫助，但是恐懼只能由我自己承擔。你的太奶奶和師父也會幫助你，但主要還是要靠自己。你要相信自己。」

其實，雀耳這些鼓勵的話，知宵已經從別處聽過許多次，但因為雀耳與他的遭遇一樣，所以他覺得這些話異常溫暖，給了他許多勇氣。他回到房間裡，將海螺放在耳邊。海螺裡儲藏了許多聲音，雖然此刻沒有任何聲音願意出現，知宵已不再害怕。

四月結束了，春天也徹底逃走，午夜零點，氣溫更高的五月將會來臨。火光獸與學習幾乎占領了四月，五月依然有繁重的學業壓力，又會有什麼有趣的妖怪突然闖入呢？這樣想著，知宵對未來充滿期待，很快便睡著了。第二天早晨醒來時，他在中庭的小花園裡看到了雀耳，她決定住在知宵的房間裡。

「你的房間是最好的，就像金月樓的心臟。你住在那裡是對的。」雀耳說。

今天是假期，知宵、真真和沈碧波都不急著回家，在客棧裡與房客們玩耍、談笑一番後，又去仙路裡轉了轉。時間悄悄溜走了，很快到了下午，吃飽喝足的知宵又想睡了，於是決定回房間睡個午覺。這時，八千萬從後門衝進客棧，大聲說：「我找到小麻了！」

知宵循聲跑過去，看到小麻就在八千萬的懷裡。八千萬將小麻放在沙發上，知宵跑過去，發現小麻正昏睡著，他喚了小麻好幾次，小麻也沒有反應。

客棧裡除了曲江與轟隆隆，其他房客都出門了，他們倆很快跑了過來。真真、沈碧波和雀耳也來了。

雀耳只是看了小麻一眼，便說：「別擔心，他安然無恙。遇到難以面對的事情時，小麻就會讓自己昏睡。」

「小麻還會這樣啊！」知宵說。

「自從那天看到小麻像隻小貓似的待在雀耳的臂彎裡，無論他現在做什麼，我都不會再驚訝了。」真真說。

雀耳伸手拍拍小麻的腦袋，又在他耳邊輕聲說了什麼。小麻猛然睜開雙眼，發出猛獸般的吼叫聲，撲向雀耳。

雀耳與小麻雙雙飛了出去，撞在對面的牆上。一顆淡粉色的珠子從雀耳的口袋裡滾落出來，在它滾進沙發底下前，知宵抓住了它。

小麻在地上打了幾個滾兒，便敏捷的站了起來。雀耳也想站起來，卻好像沒有力氣，嘗試一番沒能成功，還發出了呻吟聲。知宵和沈碧波一齊上前去，想扶雀耳起身，雀耳朝他們擺擺手，說：「沒關係，就坐在這裡吧！站起來一定又會摔倒。」

小麻一動也不動的站在原地，望著雀耳，眼神裡充滿憤怒，彷彿隨時能噴出火來。雀耳也看著小麻，她表情溫和多了，嘴角依然帶著一絲笑意。她的頭髮正在迅速改變色彩，而且以肉眼可見的速度生長。

知宵有些生氣，想質問小麻為什麼突然這麼做，他轉頭看了看小麻，卻被他的眼神嚇得不敢說話。他擔心只要一開口，小麻隨時就會撲上來咬住他的脖子。

真真來到小麻身邊，問道：「小麻，你怎麼了？」

小麻沒有回答真真，逕自朝雀耳那邊走去。知宵和沈碧波擔心發生剛才的事，不約而同的擋在雀耳面前。曲江與轟隆隆也在旁邊嚴陣以待。

「沒關係，讓開吧！」雀耳說。

知宵扭頭看看雀耳，又看看沈碧波，兩個人都朝旁邊讓開，但隨時準備著再次上前保護雀耳。

「你回想起來了嗎？我終於等到這一天了。」雀耳對小麻說，「那些記憶很痛苦，所以你乾脆選擇倒頭大睡？你一定很恨我吧？沒關係，你可以撲過來，咬我也好，咬死我也行，我並不會覺得有什麼遺憾。」

雀耳說完便閉上眼睛，小厤依然怒氣沖沖的瞪著雀耳。真真也有些擔憂，便來到雀耳身邊想要保護她。

時間彷彿也像雀耳一樣受傷了，走得很慢、很慢。小厤突然嘆了一口氣，眼神裡的怒火熄滅了，他又變成了往日的模樣。雀耳也感受到敵意消失了，於是睜開了眼睛。

「你非常虛弱，我甚至沒辦法找你出氣。」小厤說。

「等恢復強壯後，我們再來切磋一番吧！就像我與火光獸的約定一樣，你看如何？」雀耳說，「是火光獸的那首歌讓你想起來的，對嗎？當時我便發覺你有些異樣。」

小厤點點頭，蹲下身子，說：「並不是全都想起來了。封存的記憶像是裝在一顆氣球裡，那首歌在氣球上扎了一個小洞，記憶便一點點漏出來了。看到霸下出現，我知道你會平安無事，只能逃跑。記憶不斷浮現，我無法承受只能沉睡。但是我不能怪你，我沒有立場來責怪你。」

「到底是怎麼回事？」真真問道。

小厤猶豫了一會兒，正要開口，雀耳說：「我最清楚事件的前因後果，還是由我來說吧！我想先問問你，小厤，你從什麼時候開始心生疑惑的呢？」

知宵、真真和沈碧波也都盤腿坐在地上，聽著往日的故事。

「幾年前，我無意中去了真真的外婆家，感覺那裡很親切。尤其是在見到真真，她朝我哇哇大叫時，彷彿有什麼東西扎進了我的心裡，腦子裡也有一個相似的聲音響起。」

「我猜也是那時。」雀耳說，「接下來，請聽我回憶往事。恐怕該有兩百多年了吧！當時我年紀很輕，一直跟隨母親生活在高石沼的山裡。某天，我心血來潮跑到人類世界遊玩，因為對氣味異常敏感，直到現在依然覺得人類身上有一股腥氣，當然，也不是所有人都是這樣。當時，有一個小男孩，比你們幾個年紀稍微大一點，雖然穿得破破爛爛，臉上也髒兮兮的，但毫無腥氣。我對他很感興趣，想要透過他來了解人類，所以一時心血來潮，就和他玩了一個遊戲。」

小麻突然打了一個冷顫，像是被看不見的妖怪攻擊的樣子，就連離他有些距離的知宵也注意到了。知宵的腦子飛速轉動，很快便想到了一種可能性。他聚精會神的繼續聽雀耳說下去，等著驗證心中的想法。

雀耳用眼角的餘光看了看小麻，繼續說：「那是窮山溝裡的一個小孩子，家裡有好幾個弟弟、妹妹，雖然年紀不大，他卻非常懂事、勤勞，會幫助父母幹活兒，減輕家裡的負擔。但是，家裡人依然常常吃不飽，個個面黃肌瘦。他有一個年紀最小的妹妹，可能五、六歲吧，她嗓門很大，但是比別的孩子更加瘦弱，而且一直在生病。當時我還稍微掩飾了自己的模樣，將頭髮變成了最討厭的黑色，然後接近他。那個男孩是怎樣看待我的呢？小麻，你知道嗎？」

雀耳看著小麻，知宵、真真和沈碧波的目光也齊刷刷的轉向小麻。小麻的尾巴不安的在空中晃動，過了好一會兒，尾巴安靜下來，小麻說：「他覺得很驚訝，因為那樣的窮山溝裡從來沒見過那麼漂亮的女孩子，他以為她是山中的精靈，或者是天上的仙子。」

「那麼，他從一開始就沒將我當成壞蛋，所以才會爽快的接受我的幫助。」雀耳又說，「這或許也是他身上沒有腥氣的理由之一。」

「等一下！」知宵打斷了雀耳的話，「小麻就是那個小男孩嗎？」

「是的，我以前是。」小麻說完這句話，突然像失去了所有力氣似的趴在地上。

雀耳的頭髮依然在瘋狂的變色，不斷生長，遮住了她的臉頰。她撥開頭髮繼續說：「於是我對小男孩說，我很喜歡你，願意幫你做五件事情。我給他一顆珠子，只要他需要幫忙，就可以透過珠子呼喚我。當然，也會有交換條件──如果我幫他完成那五件事情，他必須成為我的寵物。你瞧，事情很簡單，只要別貪圖太多，只提出四件事情來向我求助，那他就撿了好大一個便宜。我讓他家的穀倉滿盈，幫忙修建了一棟新房子，讓大家都有暖和的衣物，甚至給了他們想要的金銀珠寶。一個窮山溝裡的孩子，有了這麼多財富，應該滿足了吧？他可能也是這樣想，但是，後來他那個年紀最小的妹妹生病了，大夫們無能為力，什麼也做不了，他只好再次找我幫忙。我幫忙治好了他的妹妹，理所應當，他必須當我的寵物，我便將他變成了如今的模樣。」

雀耳將目光轉向真真，又說：「小麻一直親近人類，喜歡逗小孩子玩，或許因為他本來就是人類，家中弟弟、妹妹眾多。當時你抓住了他的尾巴，他便乖乖馴服，恐怕是因為你很像他那個最小的妹妹吧！這就是小麻的過往，你覺得我該負多少責任呢？」

真真抬頭看著天花板，過了半晌說：「如果小麻也同意那個約定，那麼你好像沒有做錯。」

「但我還是太衝動了，因為我並不想要一個寵物，也沒辦法將他當成寵物對待。所以，我早就決定，只要他能回想起自己的真實身分，我就還他自由。」雀耳將目光轉向小麻，「現在你想起來了，只要你願意，你隨時就能變回以前的模樣，因為你早已是妖怪，不再是人類。今後，你可以離開我了。」

雀耳扶著椅子站起來，她的頭髮都快垂到腳踝了。知宵發覺雀耳的身體縮小了，她現在竟然和自己一般高。

「你沒事吧？要不要我們去通知霸下大人？」知宵問道。

「沒關係，我還能應付，你們先出去吧！」

知宵、真真和沈碧波輕手輕腳的往門外走，小麻卻沒有起身離開，他對雀耳說：「以前你每次虛弱至極時，都喜歡我陪在你的身邊。如今可能是最後一次了，請讓我陪著你吧！」

雀耳沒有拒絕。三個孩子走出房間，輕輕關上門。

尾聲

那些火光獸曾經希望知宵、真真和沈碧波來管理仙路，可惜他們乾脆的拒絕了。當時知宵心想，哪怕他們願意，霸下也不會同意。唱了歌的那些火光獸決定獨自承擔這個責任，不過，如果他們遇到無力應付的事，還是會找霸下或他們三個人幫忙。

當時霸下說：「哎呀，你們為什麼要拒絕呢？我也挺想讓你們來管理仙路呢！我和雀耳都管得不太好，火光獸像小孩子，或許就該由你們這些小孩子來與他們相處。」

霸下可能只是隨口一說，可是擅長胡思亂想的知宵不由得想了很多。原來他和朋友們曾經離這個重要職位那麼近！而且，這還不是某一個大妖怪的施捨，是他們憑藉自己的努力，用火光獸對他們的信任換來的。成為仙路的管理者該有多麼威風啊！以後仙路就是他們的家了！

想到這裡，知宵不禁有些失落。如今，他把自己的想法告訴真真和沈碧波，沒想到他倆也有同樣的想法。那時雀耳的身體狀況穩定一些，回自己家中去了，小麻暫時住在客棧裡。小麻看到三人有些沮喪，便說：「明天我想回家鄉看一看，你們要不要和我一起去？」

三個人爽快的答應了，所以，今天他們沿著仙路，與小麻來到這大山裡。

大山深處空氣異常清新，鳥兒的鳴叫聲也比別處更清脆。小麻一進山就興奮的奔跑著。知宵、真真和沈碧波一起穿行在山間採摘蘑菇，他根本不認得哪些蘑菇有毒、哪些無毒，想要問一問很熟悉這裡的小麻，卻發現小麻早已跑不見了。

這裡是真真的外婆家。真真一家前幾年住在一座小城中，離這片大山不遠，每當放假時，她常常來外婆家度過假期，幾乎跑遍了周圍的每一個角落。哪怕是現在，如果仔細翻找，說不定還能找到她遺落在草叢中的笑聲。知宵甚至感覺，真真的個性這麼爽朗、大方，一定與她在這個開闊的地方成長有關，這裡是她的遊樂場。

兩百多年前，這裡也是小麻的家鄉。那時候，眼前的風景會是怎樣的呢？一定與現在大不相同吧？山巒以不同的方式起伏，小河沿著不同的路線流過。哪怕小河依然沒變，兩百多年前的孩子們投在河中的影子，早已不知隨著水流去了何處。

「小麻去哪兒了？」知宵問道。

三個人大聲呼喚小麻的名字，過了好一會兒，才聽到他的回應從山脊處那茂密的林子裡傳來。知宵對聲音最為敏感，很快便確定了小麻的位置，他帶領真真和沈碧波，穿過雜草與樹枝，一步步靠近小麻。

上午的時候陽光燦爛，下午天空卻突然變得陰沉沉的，林中更是昏暗。走著，走著，知宵看到前面的大樹旁坐著一個男孩。男孩比他們三人年長一些，穿的似乎是古人的服裝。知宵趕緊將那男孩指給真真和沈碧波看。

「小麻？」真真忍不住說。

她的話音剛落，那個男孩便化成了小麻本來的樣子。他跳下石頭來到大家身邊，看看大家採的蘑菇，撇撇嘴說：「這些蘑菇大部分都有毒，你們專門找有毒的嗎？沈碧波，你不是植物學專家嗎？這樣的小常識都不懂嗎？」

「我不可能認識所有蘑菇，你不要為難我。」沈碧波說，「而且，現在可不是說蘑菇的時候，剛才那是你本來的樣子嗎？」

小麻突然有些不自在，聲音也低了許多：「是的。雖然我的記憶復甦了，畢竟時隔久遠，已經不太記得自己以前是什麼樣子，所以就試著變了變。我靠在樹上睡著了，夢見了我的家人，妹妹還一直在耳邊呼喚我。一醒來，剛巧聽到真真在叫我的名字。」

「你以後可以把我當成你的妹妹。」真真說。

「我一直是這樣看待你的。」

「你也要對我們倆友善一些，」知宵說，「尤其是對我！」

「好的，好的。」小麻的語氣很敷衍。

「對了，小麻，你到底叫什麼名字？」沈碧波問道。

小麻似乎不太情願講出來，沈碧波又說：「那你至少應該告訴真真啊！」

「告訴真真，不就等於告訴你們倆了嗎？所以，到底要不要說，我還得考慮、考慮。」小麻又恢復成往常的樣子，「走吧！我現在帶你們去找一些無毒的蘑菇！」

國家圖書館出版品預行編目 (CIP) 資料

妖怪客棧 6, 仙路之光 = The monster inn/
楊翠著 . -- 初版 . -- 新北市 : 悅智文化館 ,
2022.01 / 232 面 ; 14.7×21 公分 . --
ISBN 978-986-7018-56-4(平裝)

859.6　　110018990

妖怪客棧 6

仙路之光

作　　者 / 楊翠
總 編 輯 / 徐昱
封面繪製 / 古依平
執行美編 / 古依平

出 版 者 / 悅智文化事業有限公司
地　　址 / 新北市板橋區板新路 206 號 3 樓
電　　話 / 02-8952-4078
傳　　真 / 02-8952-4084
電子郵件 / sv5@elegantbooks.com.tw

戶　　名 / 悅智文化事業有限公司
郵政劃撥帳號 / 19452608

本書臺灣繁體版由四川一覽文化傳播廣告有限公司代理，經上海火雀文化傳媒有限公司及安徽少年兒童出版社授權出版。

初版一刷 2022 年 01 月　定價 240 元